茜色の街角

北嶋節子小説集

茜色の街角・主な登場人物一覧

巻村友紀　浜崎市生活自立支援センター（福祉支援センター・支援センター）の職員として一〇年以上のキャリアを持つ。また野宿者支援協会に所属しているボランティアグループ「浜崎金曜パトロールの会」で金曜日に炊き出しや夜間パトロールをしている。

松崎守　浜崎市生活自立支援センターに大学を卒業して勤務。友紀の同僚で二〇代。

林田悟　逗子市立舞岡中学校に通う。いじめの中心と学校側から目されている。

大門満・向井健　いじめっ子。

増田隆史　いじめられっ子。

林田直樹　悟の父親。

林田美也子　悟の母親。

林田明香里　悟の妹。

岬哲治　直樹と大学の同期生。海の家の主人。

島田　野宿者支援協会の支援員。

鏑木周　中学二年からいじめにあう。高校は引き込もりで不登校。フリースクール「響き学園」に転入。武蔵野音楽大学声楽科で学びながら歌う。

森なつみ　高校生時代から野宿者支援活動。アイドル歌手グループ「武蔵野MSB48」メンバーとしてデビュー。

鏑木佐知　周の母親。

鏑木雄二　周の父親。

鏑木佳純　周の妹。

榊篤志　周の幼馴染。
榊光子　花屋。篤志の母親。
美浦映子　周の中学時代の担任。音楽教師。
森本光江　肉屋。
笹島　日本料理店のマスター。

森山貢　「響き学園」の音楽教師。

水野　駐車場の小屋に住んでいる野宿者。

巻村圭治　巻村友紀の夫。ＮＰＯ法人の地域支援センターの責任者。野宿者支援のボランティア団体「浜友会」の責任者。

巻村明日香　友紀と圭治の一人娘。「響き学園」に通った後、専門学校を経て、保育士。

礒田真知子　「響き学園」の音楽教師。

添田美沙・岬百合子・藤崎恵子　明日香の同級生。

斎藤拓巳・遠藤颯太　周の同級生。

葛城美保　蒔田中学校に通い、野宿者支援活動に関わる。

葛城慶一郎　美保の父親。民政党の国会議員。
葛城玲子　美保の母親。
葛城隆三　美保の兄。

村木敬二　葛城慶一郎の第一秘書。

村岡昭子　　葛城家の家政婦。
村田陽一　　浜崎商店街の会長。
高橋銀吉　　大泉公園の小屋の主。野宿者。七〇代。
佐藤一平　　銀吉の小屋の同居人。五〇代。
山田恵介　　銀吉の小屋の同居人。六〇代。
三笠良吉　　銀吉の小屋の同居人。四〇代半ば。
佐伯凛・佐々木真奈美　　美保の友達。
蒔田中学校の生徒たち　　河野憲一・橋本翔・岡田政男・江川美紀・大橋学・町田美津江。
蒔田中学校の教師たち　　池上（校長）・藤野真人（教頭）・西原光子（学年主任・美保の担任）・真崎利光（凛の担任）・近藤美里（社会科教師）・佐藤修（悟の担任）・斎藤美奈子（美保の担任）

Ⅰ

火影《ほかげ》

——巻村友紀の独白——

はじめまして。わたしは浜崎市の生活自立支援センターに勤務している巻村友紀です。そう、もう勤めてかれこれ一〇年ぐらいになるかしら……普段は生活で困っている人たちの相談役になりながら、住まいのない人たちが当面暮らしていけるように簡易宿泊所を手配したり、仕事を紹介して生活上のアドバイスをしたり、一緒に役所に書類を出したり、と様々なことをしています。「生活自立支援センター」という名称は長くて言いにくいので近隣の人たちは支援センターの友紀さん、または福祉支援センターの友紀さんと呼んでくれているの。ちょくちょく相談に見える野宿者のおじさんたちは特にね。

ここに勤めた頃は近くの浜崎商店街や大泉公園で寝ているおじさんたちを見て、とても驚きましたよ。こんなに大勢の人に、どうしたらいいのだろう……と真剣に悩みました。ホームレス状態に陥って、困窮しているたくさんの人たちの群れを見て、何もできないと思うことはとても悲しいことですから……。

「汚いし、何をするかわからないから、触っちゃいけない」

「怠けて働かない人なのよ。あんなふうにならないようにしなきゃ……」

「もともと、自業自得なんだよ」

などと子どものころに身近な大人の人に教わったことも、そんなとき頭をよぎるんですね。でも実際はそうじゃないということがすぐにわかったんです。わたしはボランティアグループの「浜崎金曜パトロールの会」の活動にも参加しているんですが、炊き出しやパトロールに参加してくれるおじさんたちに会って、ほんとにこんな言い方は失礼だけれど、同じ人間だとつくづく感じたんです。心いたらず間違えたり、失敗することはあってもわたしたちと同じですよ。ええ、ほんとに……毎日一生懸命働き、仲間を大切にする方もたくさんいらっしゃいますし、一体何が違うのかなあって思うんですよ。

毎週金曜日の夜には、わたしと支援員たちは子どもたちと一緒に、野宿者支援のパトロールに出かけます。商店街や路上を子どもたちがリヤカーを引いて歩くんです。荷台には約六〇個の作り立てのおにぎり、カップの即席味噌汁、割りばし、使い捨てのカイロ、風邪薬に傷薬、バンドエイドにティッシュの箱、毛布の山、それにお湯の入ったポット二つを積んでいて、わたしたちの背中にかけた布製の大きなトートバッグにもずっしりと同じものが入っているんですけどね。

路上で倒れこんでいる野宿者にそっと声をかけていくと、寒さに震えながらも寄ってきて、

「ほら、寒いから早くみんな、帰りな……いつもありがとうな」

と優しい声をかけてくれる野宿者がいてね。子どもたちも思わずにっこりするわけよ。

「みんな早く来て、ここで温かいもの、もらいなよ。子どもたちがまた来てくれたんよう」と仲間を呼んでくれたりする。

お湯を紙コップに注いで、味噌汁をつくってこぼさないようにおずおずと渡す子の嬉しそうな顔を見ると、わたしはしんそこパトロールに来て、よかったなあと思うんですよ。

「ほっといてや、同情なんてするなよ。うざいなあ。あっち行けよ！」

となかには怒鳴る野宿者もいて、子どもたちは寂しい顔をすることもあるけれど、そういう場合は無理強いはしないんです。なかにはいじめにあって引きこもりや不登校になった子どもたちも、ちらほらいるけれど、わたしたちが励ますと気持ちを切り替えて進んでいく。それを見るたび、こんなにいい子たちなんだなあ！普段は心が引き裂かれて、つらい思いをしているんだろうなあと胸が締め付けられる思いがするの。

「あんた、何年生？」

「俺にもあんたと同じぐらいの子どもがおるんよ。懐かしいなあ！また来てなあ！何にもくれなくてもいいから、ここにきて話を聞いてくれるだけでいいからな……」

と眼を潤ませて話してくれるおじさんたちもいる。またある時、ふと気がつくと、普段はめったに口を開かなかった小学生の女の子が、野宿者に頭をなでられて笑い合っている姿も見えて……。自分の家庭や学校で行き場を失った子どもたちが、人間らしく生き返る瞬間、自分が思う存分、力を発揮できる場がここにもあるんだなあとつくづく考えさせられるんですね。野宿者の方に温かいものを届けるということも、子どもたち自身の暗いつらさを癒していくことも、このパトロールの中で続けていけたら本当にいいなあと思うんですよ。はじめてパトロールに参加した中学生の少年が「また来てもいいですか?」と言いながら、野宿者にもらった、たった一つのお菓子を大事そうに握りながら、笑顔で去っていくのを見るたび、ふっと心のなかが温かくなるんですね。

また浜崎商店街の人たち——会長の村田さんをはじめ、役員の花屋の榊さん、肉屋の森本さん、NPO法人「山友会」を立ち上げているわたしの夫の圭治や笹島さんたちが、中学生や高校生、大学生と一緒に「未来まつり」というイベントをつづけているの。「金パト」(金曜パトロールの会)に来ていた子どもたちと中学校の社会科教師、近藤美里先生が学校に働きかけて子どもたちの実行委員会をつくり、まつりの準備をしながら野宿者への理解を年々深めている。もっとも、近藤美里先生が「ホームレス問題」の授業をして、実際の野宿者の小屋の見学に子どもたちをつれて来たことが発端だったのだけれど。その積み重ねによって、今は個人の責任じゃない、ホームレスになるのは、社会の問題、政治の問題なんだという考えが高校生や大学生の中にも生まれ始めているのね。雇用が安定していないせいで、正社員になれないで低賃金で苦しんでいる生活の背景が、若い人たちの中にもはっきり見えてきていると思うな……。

　また娘の明日香には口では言えないほど苦しんで、苦しんで……めちゃくちゃ悩んだわ。中学生のころ、部活の合宿で何があったか、たぶん、いじめに近いことだと察しはついたけれど、親のわたしたちには一言も言わずに心を閉ざしてしまったことがあってね。精一杯、夫も反抗している娘と向き合おうとしたけど、親では限界があるのかなあ。いや、親として不甲斐無かったのかもと反省しているけれど、でも、フリースクールで知り合った一年下の鏑木周くんと意気投合したみたい。二人はいったい、これからどうなるのか？心配で、心配で……実はたまらないけれど、つかず離れずのまま、じっくり見守ろうと、夫とも話し合っている最中だわ。頑張っているけど打たれ強くない娘の将来は本当に不安でね。

それにしても思春期っていう難しい時期の子どもたちは、学校や社会の影を背負いながら、時折明るい日の光に照らし出されるように、その若いエネルギーを発揮して、わたしたちを喜ばせてくれるのよね。やはり学校の中だけでなく、地域社会の問題にも眼を向けていきながら視野を広げて明るく育っていってほしい。がちがちの勉強で疲れ切っている子らも、自分を必要としてくれるおじさんたちを前にすると、いつの間にか視界が広がって人の心の温かさを具体的に学んでいくのね。世の中の枠組みや慣習に惑わされない人たちの善意のぬくもりを大切にする大人にきっと育っていくと、わたしは今も、固く、固く、信じているのよ。

えっ？そんなにうまくいかないって？ああ、そうかもしれないわ。だけど、一度撒いた種は必ずどこかで芽吹くんじゃないかなあ。やっぱりそう信じたいね。誰だって前に向かって歩きたいもの……。そんな時代がきっと来るような気がするの。若い子たちの確かな眼の輝きを見るとね。

Ⅱ　蒼い微睡み

一　汚名

一

少年の瞳の奥に赤い不確かな閃光が通り過ぎていく。

それは次第にくっきりとした輪郭を露わにして、少年が抗えば抗うほど大胆にふてぶてしく、相手に全く不快を感じさせないような、いかにも親しげな表情をむき出しにしながら、接近してくるのだった。

――いつもこうだ！

少年は思わず心の中で叫ぶ！

――あんたの言うことはもう何遍も聞き飽きた！

ありきたりの愛情をちらつかせ、心配事を抱えて苛立った表情で執拗に語りかけてくる。同情をそそるような悲しみに満ちた視線を泳がせ、時には涙ぐむ。

――その手には乗らない！

相手が自分の意のままにならないとわかると、突然堰を切ったように怒りをところ構わず爆発させる。止めどなく残忍で凶悪な仮面をつけて、一気に襲いかかってくる……そういう父親の赤裸々な姿を……。

――俺は何度この眼にしてきたことだろう!

「悟!いい加減にしないか?聞こえているのか!」

旅行用のボストンバッグを抱えながら、父親は怒鳴った。まだ青のパジャマ姿の少年の耳元で怒りを爆発させている。硬く貝のように口を閉ざしリビングのテーブルに座ってうつむいた少年に、父親はいつものように手を挙げて殴りつけようとしたが、ぶるぶると震えてもがきながら手を下ろした。

「悟、この辺でもう馬鹿なことはやめろ!お前が淋しいのはわかっているが、どうしようもないんだ!俺も、もう出勤時間が迫っていて忙しいんだから、頼むから……学校に行ってくれよ!学校からの呼び出しは勘弁してくれよ!わかったな!」

「……………」

父親はそう言いながら、怒りが急速にひいていった。出かける間際の焦りが父親を冷静さへと徐々に引き戻していたのだ。

「警察沙汰を起こしても俺はお前を迎えには行けないからな。今晩からは仙台に出張になる……三日間はこの家はお前一人だ。もう中学生なんだ。来年は高校受験だろ?自分のことは自分で始末しろよ。人を当てにするんじゃない!忘れたのか……お前は小学校は一番で卒業したんだぞ!なのにこのざまはなんだ?」

「……………」

――こいつは……この瞬間……。

このまま大人しく黙ってやり過ごしていれば、自分の感情に空回りして、聞くに堪えない言葉を次々と増殖させ、平気で相手を傷つけ、少しでも癪に障ることがあれば暴力でおとしめ屈服させる。そして信じられないほど平然とまるでヒーローのように誇らしく立ち去っていく。一年前、少年より五歳年下の妹を連れて出ていった母親も、同じ仕打ちを受けていたのを少年はずっと密かに目撃してきている。感情の暴発で周囲の物をすべて、打ち壊さずにはおかない……父親の狂気を!

理不尽というより、少年はただただ、空しかった。

――もっと凶暴に、もっと卑劣に、荒廃した行為をするのなら、いくらでもするがいい!

顔を背け、キッチンのテーブルに座ったままじっとだんまりを決め込んでいる少年を一瞥すると、父親はいまいましげに舌打ちをして背をむけた。若々しい紺のストライプの三揃えのスーツを着こんで、派手なエンジのネクタイを翻しながら、玄関のドアを思いっきり音を立てて開け、外に出た。一呼吸沈黙があったが、再び荒々しくドアを閉めると確かな足取りで立ち去っていった。

早朝の五時過ぎである。

「…………」

宵っ張りの少年は寝入りばなをたたき起こされたような感覚が拭えないのだ。

うつむいたままゆっくりと立ち上がり、出窓から物憂そうに外を眺めた。戸外は幾分明るくなっていたが、人通りはなく静まりかえっている。家々の明かりはまばらに見え、街灯は消えかけていた。街はまだ半分眠っているような空気が立ちこめている。少年は大きなあくびをし、伸びをしながら階段を登っていった。

「…………」

二階の自分の部屋に入ると、先刻跳ね起きたままのベッドに再びもぐり込む。

眠りに入ろうとした少年の瞳に再び赤い閃光が映り、めらめらと炎のように燃えていく。人気の失せた、がらんとした部屋のなかで、その焼けつく火が耐え難い苦痛を伴って少年の心を苛んでいった。

二

猛暑の夏も間近に迫った深夜、湘南の海からはかなり離れた高台にある高級住宅街の一角に、場違いな子どもたちの嬌声が響き渡っていた。何かがぶつかり合う不穏な物音やくぐもった悲鳴が、家の二階から静まりかえった街の道路にも洩れ聞こえている。全く人通りも絶えた、午前二時である。その瀟洒な家は防音の役割を果たす強固な塀がそびえ、ぐるりと植えられた木々の陰で部屋の中の様子は道路からは全く見えない。まだ真新しいセキュリティシステムも作動しており、カメラは四カ所も取り付けられていて、防犯対策は万全の家のように感じられる。それなのにことさらにはやし立てるような複数の子どもたちの笑い声と湿った泣き声が、入り交じって聞こえている。闇の中で窓をがらがらと開ける音や無理矢理それを締めようとする軋んだ音が何度か繰り返され、不気味さを増している。近隣ではこの家のこうした馬鹿騒ぎには慣れているらしく、以前パトカーに通報されたこともあったが、いっこうに止む気配もなく、かえって激しさを増すばかりであった。最近では関わり合いにならないように、じっとやり過ごしているように、辺りは静まりかえっている。

「ほうら、隆史、うまく書けたか？お前、文章下手くそだしな……」

でっぷりと体格のいい大門満がやせぎすの増田隆史のノートを、にやにやしながらのぞき込む。怯えるような表情を隠せない隆史は、既に声を殺して泣き始めている。もともと神経質そうであどけなさも残る風貌の隆史は年齢よりずっと幼く映る。握っている鉛筆が薄汚れて芯が折れ曲がっている。時折細い身体をよじると頑丈なロープで固定された腰にロープが食い込む。背中に痛みが走り、思わず顔を歪め、うめき声をあげた。

「おらおら！どうしたんだよう！まだ書いてないのかよう。どうする？悟先輩！こいつ全然書いてないっすよ」

「…………」

この家の主の林田悟はふと押し黙った。

代わりに向かいの椅子に座っていた向井健が、立ちあがりざまに言った。

「大体よう！隆史が悪いんだぞ。お前がどうしても死にたいって言うから、俺らはしかたなく協力してやっているんだからな……」

普段クラスの中で、健は学級委員を務めていて、特に女子に人気がある。目鼻立ちも整っていて、教師たちにも信頼されている。時々冷たい視線を無意識に投げることもあったが、さりげなく全体を見てはクラスを仕切っていた。その健が今、一番鋭い言葉を隆史に吐いている。上目遣いで弱々しい視線を向けた隆史の傍に行くと、不意に怒りを露わにして隆史の頭を小突いた。

「だから、俺の言うとおりに書けばいいんだよ！死にたいって言うから、その準備を俺らは手伝っているんだし……『僕はもう疲れました。親不孝な僕を許してください……これから僕は死にます』とかって書けばいいんだよ。よけいなことは書かなくていいからさあ！簡単だろ？さっきベランダで飛び降りるリハーサルしただろう？目をつむって、思いきって……あれでいいんだよ」

「健……！」

それまで見て見ぬ振りをしていた悟が気まずそうに口をはさんだ。

「なんだよう！悟？」

「しばらくほっとけば？健！隆史はさっきのリハがこたえてんだよ。隆史は人一倍臆病だからなあ。怖がってるんだろう……？」

悟はけだるそうにため息をつくと、チューハイの入った缶を無造作に取って、喉を潤した。部屋は子ども部屋だが意外に大きく、真ん中に楕円形のテーブルが置かれ、窓際の隅に学習机と百科事典が並ぶりっぱな本棚が備え付けてあった。反対側の出窓の辺りには木製のベッドがあり、青のギンガムチェックの布団とベッドカバーが畳んで置かれている。悟、健、満たちは真ん中のテーブルを囲んでジンジャーエールやチューハイの缶を片手に飲んでいた。テーブルの上には煎餅やポテトチップスの空き袋、ミックスナッツやチーズが散乱している。空き缶は二〇個以上乱雑にまとめられている。ひとり、隆史は学習机に縛り付けられて逃げ出すことができないようにされていた。

「ところで……満、そろそろ帰った方がいいんじゃないのか？お前んとこが一番うるさいんだろ？もうお開きにしようぜ」

悟はゆっくりと部屋を見回しながら、さりげなくつぶやいた。

部屋の中は急にしらけた雰囲気が漂った。

辺りの異様な雰囲気に様子をうかがっているのだろう、隆史の泣き声もいつの間にか止んでいる。

「悟先輩？この頃妙に怖じ気づいてない？なんかあった？親父さんに脅されたとか……なんか変なんだよね……この頃の悟ちゃんは」

「そんなことあるわけないだろう! 満、お前何言うんだよ」

むっとして悟は皮肉っぽく笑う満を睨んだ。それに健が追い打ちをかけた。

「満! そうだよな、俺もちょっとひっかかってたんだよ、今日は悟はいつになく迫力ないしさ。悟んとこは何と言っても親父は准教授だからな、もう手を引くつもりかよ!」

煮え切らない様子で黙った悟に、健は刺すような冷たい視線を向けた。

「親父は関係ない! いや、そうじゃない! だが……」

――今のところ……。

隆史に対する陰湿ないじめの首謀者は悟ということにされている。先週は父親の直樹にも学校からの呼び出しがあり、これ以上続けるのならば警察に通報するとまで担任の佐藤修に言われている。俺が健や満を売らない限り、今日のことも俺一人の仕業と大人連中からは決めつけられるだろう。当の隆史は健らが怖くて口を閉ざしたままだ。決して隆史には告発できないだろう。真相は誰も知らない……。こうなるのは始めからわかっていたのかもしれないが。

健は悟を一瞥すると、見下すような表情をして言った。

「満! もういいって。なんかしらけた! 俺はもう帰るよ……悟! じゃ、また学校でな……

お前、学校にちゃんと来いよ！……逃げんなよ」

悟は先週、学校でも家でも隆史のいじめのことでさんざん暴き立てられて、無断欠席をしていたのだ。今朝も早朝からたたき起こされ、父親に殴りかからんばかりに怒鳴られたばかりである。

「満はどうする？まだ此処にいるか？このまま悟の所に泊めてもらえば？」

「いや、健、俺も帰るよ。最近母ちゃんがうるさくてさ、夜遊びするなって……いまならまだ間に合うし……」

隆史は机の上に突っ伏したまま動かない。健と満はこそこそと帰り支度を始める。ふたりは椅子に放り投げてあったナップサックを取り上げ、荷物を手早く詰め込み背負うと、悟の家のドアを開けて出ていった。

「全く！折角の日曜日だというのに……今晩も誘ったのは悟だよなあ！俺、母ちゃんに友だちんちに泊まるって言ったのに、今更ひょっこり帰るのは困るっしょ！何と言い訳するかなあ……まあ、いいか……満……行こうぜ」

健の捨て台詞が、まだ夜が明けていない薄闇のなかで静止した空気にこだました。

その後、二人の秘密めいた笑い合う声が響き、次第に小さく遠のいていくのを、悟は聞くともなしに聞いて眼を閉じた。嵐が収まった後のように、静寂が辺りをひたひたと包んでいく。

隆史は疲れ切ったらしく、すっかり眠り込んでいる。隆史の家は深夜までスナックで働いている母親との二人きりの生活である。いつも四時頃、ようやく暁の空が明るくなる頃に母親は帰宅するのだ。隆史の寝顔を見た後はすぐに爆睡する。朝ご飯は隆史がつくって登校する。だから、母親が帰ってきたときに隆史が自分の布団に潜り込んでいれば、満たちに連れ出されて、いいようにいじられているなど夢にも知らないのである。今のところ、担任の佐藤は母親には詳細を知らせていない。いじめの事実を悟に突きつけ、加害者の反省を促している段階なのである。

立ちあがると悟は隆史のロープをほどいてやった。このロープは健がわざわざコンビニで買ってきたものだった。脅しに使うためとはいえ、彼らのやり口は止めどがない……怖がる隆史の泣き顔に快感を覚えているのだろうか……。

後で隆史を家まで、いつものように送り届けなければならないなと思いながらも、悟は次第に睡魔に襲われていく自分を感じていた。卓上の電波時計が、三時近くを指している。後一時間は余裕がありそうだと隆史は自分に言い聞かせていた。

三

悟は結局その日は登校しなかった。父親が仙台に出張のため不在であり、無理して登校する必要もないと思えたからだ。悟はもう何ヶ月も前から、学校の授業からはおりていた。一度学習の内容がわからなくなると、坂道を転げ落ちるように、どの教科も全く理解できなくなった。ただぼんやりと椅子に座っているだけの時間が苦痛になった。学校へ行っても行かなくても、悟にとっては同じ退屈な時間が流れていたのである。

目を覚まし、悟は早朝の四時近くに突っ伏したまま眠っていた隆史をたたき起こし、服の乱れを直させ、悟の家から二〇分の所にある隆史のアパートに送り届けた。

その後、そのまま家までとって返し、直ぐに眠り込んでしまったのだ。

別れ際に、隆史はまだ眠そうな眼を懸命に開け、一度瞬きすると顔を歪めて微笑した。

「……じゃあ……」

悟は胸がきりきりと痛んだ。後ろめたい思いが喉の奥から突き上げてくる。それを懸命に振り払うように悟は右手を挙げて、無言で手を振った。隆史は悟に向かって弱々しくうなずいた。背を向けて、アパートの階段を少しふらつきながら登っていく。そんな隆史を、悟はしばらく呆然と眺めた。

——俺は何をしているのだろう……とどのつまりは健たちのいじめに俺自身が深く荷担しているということだ。それは紛れもない事実だ。思いきって止めようともしない……中途半端に同情して、寸でのところで思いとどまっているような……卑劣な役回りを演じている。隆史は俺に一度でも助けを求めたことがあるか？……俺は一体何者だ？

口の中に苦い物が溜まった状態のまま悟は逃げるように家にもどり、誰もいないがらんとした部屋で、逃れようもない罪悪感を感じながら布団にくるまった。

携帯の着信に気づいて悟は目を覚ました。

部屋の中は熱い日射しが差し込んでいる。

いつの間にかべっとりと汗ばんでいる自分をけだるい意識の中で感じながら、悟は苦しそうに寝返りをうった。するとまた携帯がけたたましく鳴った。

——仙台の親父か……担任の佐藤修か……。いずれにしろ、出ない方が良いに決まっている！ふと部屋の中を見渡すと、ベッドの端に強い日射しが斜めに当たってきている。部屋全体がまるで蒸し風呂状態になっていることに悟は初めて気がついた。昼近い太陽の眩しさと部屋の蒸し暑さに耐えきれず、悟はエアコンを入れに立ち上がった。

先週の水曜日の放課後、悟は担任の佐藤に突然の呼び出しを受けた。

誰もいない狭い相談室に、佐藤は悟を呼び入れると直ぐにドアを閉めた。壁沿いに造られている書棚には道徳や各教科の資料が沢山並べられている。真ん中の楕円形のテーブルには佐藤の黒い布製の筆箱やノートが揃えて置いてあり、何かを悟から詳しく聞き出そうとする思わくが透けて見えていた。佐藤は右手を挙げて、悟に座るように合図した。

「悪いが、今日は本当のところを話してもらうよ。言っておくが、ごまかしたり、嘘を言ったりすると長引くことになる。もうすべてわかってしまっているのだから、直ぐに話すことだ。そうすれば、お互いに気持ちよく早く帰れるしな……悟」

「………………」

無言でうつむいている悟にかまわず自分のノートを広げると、佐藤は意気込んで言った。

「まずだ……いったいいつから……悟は隆史をいじめるようになったんだね……」

「………………」

悟には、今までのように詰問されているのと何ら変わらないと思えた。変にへりくだった丁寧な物言いも悟には普段の佐藤と隔たりがありすぎて、ひどく違和感があり、なんとも不快だった。

「勘違いしないでくれ……別に事実が新たにわかったからと言って、また親父さんにご足労願うとかはないから……第一、親父さんだってたまんないだろう? このままじゃあ。何、とにかく俺は悟に早く立ち直ってもらいたいんだ。今のままではお前だって高校受験の何らかの障害になってしまうだろうよ。俺はそれが心配なんだよ。悟、俺はどうしてもお前が本当に自分からやったとは思えないんだよ。隆史はいくら聞いても何も言ってくれないし……今日はお前の口から真相を聞きたいんだ」

「……………」

悟を見据えた佐藤の眼が異様に光り、不安げに泳いでいる。思わず顔をあげた悟のなかで、何かが弾け、壊れた破片が鋭い音を立てて飛び散ったのがわかった。

「先生……俺、ほんとは……いじめてないっすよ……」

「えっ?……な、何を言うんだい……悟……」

佐藤は思いがけない悟の言葉にひどく狼狽した。メモをしようと身構えたが右手の鉛筆を取り落とした。慌てて床に転がった鉛筆を白い上靴で踏みつけて拾いながら言った。

「どうしたって言うんだい！訳がわからないよ、意味不明じゃないか！」

明らかに佐藤は気分を害していた。興奮した顔が怒りがほとばしる寸前の兆候を示している。

「どういうことだよ。あり得ないよ、今言ったのは……悟、これじゃあ、当分お前はまだ帰れないぞ」

「でも……やってないんです……先生だって俺がやったとは思えないって言ったじゃないですか！信じてもらえませんか？」

「お前、頭が変になったんじゃないのか？おととい、隆史を体育館の裏に呼び出して死んだ蜂を食べさせようとしたよな！実は満と健はお前に誘われてやりましたと素直に話しているんだ……今更やってないなんていう話は、通用しないんだよ！証人がいるんだからな」

佐藤は拳でテーブルをたたくと大声を出した。

「いまさら、何を言うんだ！そんなことで済まされると思うのか？」

佐藤が怒りを増幅すればするほど、悟は気持ちが冷めていくのを感じている。

――結局、満と健の言い分を鵜呑みにして、一番俺が悪いことになっているんだ。佐藤のなかで既に俺のシナリオは見事に作り上げられてしまっている……。今更それを覆すのは無理だ……。

この面接は佐藤にとっては、形だけのものだと悟は瞬時のうちに確信した。

「先週の万引きな、あれも悟が首謀者だって、みんな口を揃えて言ってるぞ」

「…………」

「あと、親父さんにも来てもらったときは、隆史の筆箱隠しと体操着の切り裂き事件だろ?　トイレでお前が暴力をふるい、満が見張りに立った事件も……健が止めに入ったんだったっけな……学級委員は大変だって健が言っていたから覚えているんだよ」

「…………」

その後は悟が満と健を巻き込んで隆史をいじめた事実を一つ一つ挙げながら、くどくどと佐藤は悟に言い聞かせていった。あくまでも首を振る悟に佐藤は次第に厳しく追及し始めた。その場にいて止めたり、やめさせたり、助けたりしたのでない限りはやったことに代わりはないんだぞという脅しまで付け加わった。

「手を下していなくても、やったのに代わりはないんだぞ。お前でないというなら一体誰なんだ？はっきり言ってみぃ！」

佐藤は悟が自分が手を下したと認めたところで、この一連のいじめ事件の決着をつけたいのだった。悟はもう佐藤の話を聞いていなかった。無駄な時間が過ぎている。何の明るさも見通しもない空白の時間が流れているだけだ。どこかで間違い、それが増幅され歯車のように硬くブロックされたまま身に覚えのない汚名で、がんじがらめに塗り固められてしまっている。

――ああ、どこまでも空しい……今までも、そしてこれからも……。

佐藤は言うだけ言うと、大きなため息をついて立ち上がった。

「ま、これからは止めろよな？……」

沈黙した悟が観念したと理解した佐藤は、ノートと筆箱をそそくさと片づけると、ため息をつきながら言った。

「もう帰って良いぞ……親父さんにあまり心配かけんなよ。そろそろお前だって、受験準備もしなきゃな、悟……全く、もう、俺もやってられないな。こんな役はこりごりだぜ！」

「…………」

悟は表情を硬くし、無言のままゆっくりと背を向けてドアから出ていった。

悟はエアコンの風で涼しくなった部屋で、まず珈琲を沸かした。冷蔵庫の氷をつかむと珈琲に投げ入れ、飲み干した。とにかく佐藤にも満や健にも会いたくないと思った。自分の存在が、いつの間にか誰にも知られることなく、消えてくれればいいと考えていた。

テレビをつけてみると、もう午後三時近くになっている。あと一時間過ぎるといつもの下校時間になるだろう。帰宅組の満たちはきっと、この家に真っ先に走って飛び込んで来るに違いない……。そして、また……同じことの繰り返し……。彼らの憂さ晴らしは止めどがない……。さすがの悟も嫌気がさしてきている。

悟はブルージーンズとカーキ色のTシャツで着替えを済まし、カバンを開け、鍵と財布をジーンズの後ろポケットにしまった。父親から昨夜三日間の食費として、二万円渡されていた。これだけあれば一人で充分に贅沢ができる金額だった。

いつも使っているナップサックではなく、外出用の小型のカバンをクローゼットから引き出して、いくらかの着替えとテーブルに転がっていた飲み物とスナック類を放り込んだ。帰りが遅くなることも考えて、少し厚めの黒のブルゾンもクローゼットから引き出した。

鏡をのぞき、マスクと野球帽で顔を隠すと階段を急いで下りていった。

二　死角

一

「次は浜崎、浜崎ー」

列車のアナウンスが、急に耳をつんざいた。

──あ……。

一体何処へ自分は向かっていたのか、悟は全く覚えがなかった。悟は東海道線に大船駅から乗ったところまでは意識があったが、その後座席に座るとぐっすり寝込んでしまっていた。確か切符は湯河原駅まで買ったはずだ。新幹線は高いから止めてＪＲにしたのだ。

──別に湯河原でなくても……鎌倉でも良かったんだが……。

とにかく今日は誰もいない家にいたくないという思いが先に立っている。また満や健に引き回されて隆史を呼んでくることは金輪際ご免だ！そう思って何かに追われるように直ぐに来た電車に飛び乗ってしまったのだ。どうやら、熱海行きではなく反対側の電車に乗ってしまったらしい。

――まだまだ時間はある。陽はまだ落ちてはいない。正真正銘、今晩は自由だ！

最も悟はこうした過ちは今まででも少なくなかった。

「悟は方向感覚がずれていないのか？」

父親に小さい頃からそう言われ続けていたからである。だが、湯河原行きを選んだのはやはり理由があった。自分がそれを明らかにしないのはただ避けているだけだということは心の片隅で漠然と分かっていた。

四年前の夏休み、まだ林田家に笑いが絶えなかった頃、悟の母親、林田美也子の実家がある湯河原の海岸に家族四人で海水浴に行った。悟は小学校四年、妹の明香里はまだ五歳で、兄の悟にうるさがられながらもまとわりついていた。七月のまだ海開きをしたばかりの頃で、穏やかな海の寄せる波の輝きが眩しい午後だった。

「お兄ちゃん、早くう、早くう！海に行こうよ」

待ちきれずに可愛いピンクの水着に着替えた明香里が美也子の手を引っ張って海の家の扉を開け叫んでいる。悟は急いで更衣室から出て、明香里のもとにとんでいく。

「ねえ、あなた、三人でちょっと泳いできますけど……」

鮮やかなハワイアン模様のセミビキニの水着で身体を締めつけて、美也子が直樹の後ろでささやいた。今年購入した澄んだブルーの水着は直樹が気に入って買ってきた物である。美也子はいつもは赤やピンク系の服を身に着けることが多かった。美也子に似合わないわけではないが、やはり着付けない色の水着はまだ気になるらしかった。だが、直樹は振り向きもせずに言った。

「ああ、行ってきてくれ。悪いがまだ哲治とこの勝負が終わってない……」

直樹は海の家の店主の岬哲治と向かい合って将棋に余念がない。二人は山梨大学時代の同期生だった。

「すみませんねえ、奥さん、なに……あと少しで俺が勝ちますよ」

「おいおい、それはないだろう」

哲治の方が無遠慮に美也子の水着姿を眺めて笑った。

「いつも、奥さん、綺麗ですねえ。美也子さんはスタイルもいいし、直樹は幸せもんだよ。罰当たりめっ！」

美也子は面差しは寂しげで眼も細く、余り目立つ方ではないが、肌の白さと滑らかさは服の上からも感じられるような不思議な魅力があった。背はそう高い方ではないが、均整のとれた体つきをしていた。

「直樹はどうするんだい？」

美也子が二人の子どもを連れて泳ぎに行った後、哲治が声をひそめて言った。

「何のこと？」

将棋の駒を置く手を止めて、直樹は意外な顔をした。

「ほら、高校教師はやってられないって前から言ってたじゃないか……」

「そうはいってもなあ、家族を養わないといけないし……」

「しがない海の家の雑用なら雇ってやらない訳じゃないが……ははは、単なる冗談かい」

「そういうわけじゃないが……おっとこれでどうだ？」

納得がいったように直樹は駒を進める。

「そうくると思ったが……転職するなら、時期ってもんがあるんじゃないのか。社会科の教師はやり甲斐あるんか？俺はとっくにリタイアしたが」

湯河原海岸で、海の家と民宿を経営している哲治は直樹と同じ中学校の社会科の教員だったが、管理職とそりが合わず、わずか二年で退職したのである。

「哲治のように、土地がある訳じゃあないし、親から継ぐ家もなし……だ」

「そう……来たか……平穏無事に過ごせるうちはいいがな」

「俺、やっぱり考古学の研究がしたいんだよ。始めっから大学院に残れば良かったんだが、その頃は美也子の腹に悟がいたしな」

「今だって遅くはなかろう。大学は定年もないことだし……」

「今さ、実は誘われているんだ。まだ美也子には内緒なんだが……山梨大学の足立良教授に研究室に戻ってこないかって……まあ、ありえないけどな」

「どうして?子どもはだんだん親から離れていくさ……もともと別の人格なんだしな……はい!俺の勝ち!」

「ああ、しまったあ!そういうことかあ!相変わらずお前には勝てないなあ!」

「直樹はさあ、不器用なんだよ。二つのことが同時にできない性格で。でもお前のそういうところ、研究者に向いているんだろうなあ」

「じゃ、哲治、敗者は退散して、これからひと泳ぎしてくるよ」

「ああ……もう美也子さんも呆れてるよ。待ちぼうけもたいがいにしないと、家庭円満第一だろう?」

哲治は将棋盤を片づけると、勢いよく立ち上がった。

直樹は更衣室に入り、急いで水着に着替えた。

海岸に出ると遠くに美也子や悟の姿が見えた。手を振ると、明香里が直樹の姿を見つけて走ってくるのが見える。

「パパあ！遅いよう！早くう！」

降り注ぐ太陽の光を浴びて、明香里は笑いながら走り出した。

直樹の胸に不意に愛おしさが溢れた。普段は一緒に暮らしていても、直樹はまとわりつく明香里には少し閉口するときがあった。そういうとき、悟は面倒がらずに直樹に醒めた視線を投げながらも、妹を適当にあやして連れて行く。

「明香里、こっちだよ。お兄ちゃんとトランプしよう」

「ほらほら、パパはお仕事があるのよ。明香里は邪魔しないの……」

美也子も気をきかせるつもりで、明香里を二人がかりで別の部屋に引き入れる。

つまり、直樹は普段家族の中でも一人置き去りにされるのと同じ状態に、たいてい追いやられる。それで実際は仕事も取りかかれるし、集中できる時間を生み出せるのだからつじつまは合っているのだが……それでも直樹は淋しいというより、何か自分が周りの空気にそぐわないような苛立ちを覚えていたのである。それが今は全く消えている。無邪気にはしゃいでいる明香里のいちずに走ってくる姿を目の当たりにして、この上もなく幼い娘が可愛いと思えるのであった。

直樹が公立中学校を退職し、湘南大学の非常勤講師になったのはその二年後である。考古学の研究をしながら山梨大学の研究室に入るというもくろみは、頼りにしていた足立教授の沖縄国際大学への転勤で望み薄となった。もともと中学校の授業に嫌気がさしていた直樹は明香里が小学校に入学する年に突然辞めたのだ。美也子に隠して一人で進退を決めてしまったことが、夫婦の間に大きな亀裂を生じることになった。

「反対はしないけど、一言相談して欲しかった……」

美也子は後々までそう言い続け、やがて直樹との言い争いが耐えがたいものへと変質していったのである。悟は六年で思春期の入り口にさしかかっていて、夫婦の微妙な食い違いが父親への反抗につながった。

直樹は毎晩のように酒を飲んで深夜遅く帰るようになり、美也子と子どもたちは日々母子家庭のような状況下で、温かい家族のふれ合いもなく、美也子はひたすら家事を淡々とこなしていくようになった。悟が私立中学の受験に失敗し、公立中学に通い始めた頃、直樹はことあるごとに美也子に暴力をふるった。明香里が泣き叫び、悟が逆上して直樹に向かって行くようになるには、そう時間はかからなかった。

「もう我慢できない！わたしは……わたしはこの家を出て行く！」

明香里を抱きしめて、美也子は何度叫んだことか！

この言葉が耳に届くと何故か、直樹は突然押し黙った。切羽詰まった妻の言葉が直樹をその都度正気にさせたのかもしれない。こうした騒ぎが一ヶ月ほど続いたある日、美也子は明香里を深夜に揺り起こすと、急いで身支度を整えランドセルを背負わせて、まだ眠い眼をこすりこすりしている明香里を強引に連れて出ていった。

その後帰宅した直樹の青ざめた顔は、悟には忘れられない暗い記憶になっている。

二

「何をするの、あんたたち！つかまえて！誰かあ、誰か助けてください」

浜崎駅を出て人の波に揉まれ、そこから外れるようにひたすら歩いていたとき、悟の前に異様な光景が広がった。ふと気がつくと、浜崎球場や競輪場などが立ち並ぶ一角にさしかかっている。この辺りは暗くなると、野宿者たちが沢山集まってくるため、普段から人通りはかなり少なくなるのである。時折大型のトラックや乗用車が通りかかるだけで、いつの間にか通行人も途絶えている。ここまで夢心地で歩き続けていた悟は仰天した。

傍の公園の中は、あちらこちらにブルーシートが敷かれ、まばらではあるが、野宿者たちが車座になって座っているのが見える。悟は何度か浜崎駅で下車したことはあるが、この場所は全く足を踏み入れたことのない所だった。付近には市立図書館、市営プール、教育文化会館、福祉支援センターなどがあり、公園はその外れに位置している。悟はこのときかなりの早足で歩いていた。公園の端の大きな木の周辺にはかなりの数の段ボールハウスが建っている。その奥のひとつから、煙がもうもうと立ちのぼっている。その光景にまず眼を剥いた。火事だ！と咄嗟に感じたからだ。辺りは夕焼けの色が濃かったが明るく、日没までにはまだ間があった。思わず悟が立ち止まると、自転車に乗っていた中学生ぐらいの男子、一〇人ぐらいの集団がくすぶっている煙の中から不意に飛び出してきた。彼らは制服ではなく、思い思いの普段着に進学塾のカバンを肩にかけている。

「待てえ！」

その自転車集団を中年の女性が金きり声を上げながら、執拗に追いかけてくるのが見えた。ウォーキングの最中だったのか、青いスポーツウエアを着ている。首に黄色のタオルを巻いている。その後を、髪を後ろで結んだ中学生ぐらいの女の子と長身の若い男性、それに小太りの初老の男性が続いて、必死に走っている。まず悟の耳についたのは中年女性の助けを呼ぶ声であった。

「止まりなさいよ！あなたたち、誰か止めて！」

ひったくりにでも遭ったのかと思い、悟は立ち止まったまま、すいよせられるように凝然と眺めていた。

「やばいよ！逃げろ！つかまんなよ」

自転車に乗った子どもたちは、悟が棒立ちになっている公園の入り口に飛び出すと互いに大声で呼び合った。

「はやくしろ！」

「おい！そこ、邪魔だよう！聞こえないんか」

「そこどけ！ばっか野郎！」

そのとき道路すれすれに大型のトラックが猛スピードで迫ってきた。

悟は不意に怒鳴られて、自分がかわすより先に自転車集団を止めようと身体を向けた。そして先頭の自転車の少年に体当たりで突撃していった。

「何すんだよう！」

悟と自転車の少年は身体をぶつけ合ったまま、組み合って自転車ごと横倒しになった。

「おい！おい！……どうしたんだよう！徹……」

「逃げろ！」

「俺はいいからお前らは逃げろ！」

「まじ、やばい！逃げろ」

「おーい！気をつけろよ！ばっか野郎！」

トラックの運転手が助手席から一喝して、走り去っていく。

少年たちはあっという間に蜘蛛の子を散らすように騒ぎ立てながら、倒れている仲間を置き去りにして、ぐんぐん悟の視界から遠ざかって行く。

追いついた中年の女性は、自転車の上で倒れてまだ組み合い殴り合っている悟と少年を止めさせ、力づくで立ち上がらせるとまず悟に声をかけた。

浜崎市生活自立支援センターの職員、巻村友紀である。

「僕、ありがとうね……君は金パトの人？この辺では見かけないけど」

「……えっ！金パト？」

「野宿者支援の金曜パトロールのこと。それとも、この子の知り合い？知り合いには見えないけどね」

「……別に知り合いじゃないけど……」

友紀はこんな切羽詰まった時なのに悟に向けた視線が温かかった。穏やかで潤いのある声である。一方、女性に捕まれた腕を振り、逃れようとする少年は反発して喚いた。

「何だよ！こいつなんて知らねえよ！誰だよ。お前」

「そんな言い方ないよ。この子が危ないところを止めてくれたんだから」

「ちげえよ！いきなりぶつかってきたんだよ」

少年はますます声を荒げた。

少年にも友紀は落ち着いて向き直った。

「このまま道路に突っ込んだら危なかったんじゃないの。慌てて飛び出したら、ひとたまりもなかったんだよ」

「頼んでないんだよ！」

だが、少年は倒れた拍子に片足を挫いたらしい。二人分の身体と自転車の重みに右足が耐えられなかったのだ。

「いてて……足挫いたあ！」

「あったりまえだ！逃げるからだろう」

ようやく追いついて来た初老の男性が怒りで声を震わせながら叱りつけた。

「ちぇ！もう自転車乗れないじゃん。どうしてくれるんだよ」

「自業自得だろう？」

着古したカーキ色のジャンパーに作業ズボンという服装の男性はいかにも労働者の貧しさが滲み出ていたが、身体はがっしりしている。髪に白い物が混じっていたが、不釣り合いな黒の鳥打ち帽もかぶっている。

「大体、あそこに花火を投げ込んだの、お前か？」

「俺じゃあねえよ！おっさん、ふざけんじゃあねえよ！」

「じゃ、なんで逃げたんだ！」

「追いかけられたら逃げるでしょ。ふつう！証拠あんのかよ！えっ？おっさん」

野宿者支援員の島田は急に暗い顔をした。確かに現場を見ていたわけではない。異変を感じたときに逃げ出したのはかなり疑惑があるが、はっきりとした確証があるわけではないのだ。友紀は、まだ少年の腕をつかんでいたが、島田に向き直って言った。

「島さん、火事の方は大丈夫でした？」

「ああ、さっき銀さんたちがバケツで消したよ。ちょっとやけどした人が出たがね。ぼやで収まってくれたから良かったよ」

「本当に！良かったですね。ところで、この子は……どうします」

「大丈夫。話せばわかる。もう少し話そう。また怪我もしたようだ。落ち着いたら見てやろう。ああ……君もいっしょにきてもらう。君は怪我はないのか？」

傍で呆然と立ちつくしていた悟を見て島田は言った。

「…………」

「待って、島さん、こちらはこの子たちの仲間ではなくて……この子をつかまえてくれたんです。トラックにこの子たちがぶつかりそうになったのを見て。君は何もしていないよね。えっと……名前は」

「林田悟です。逗子市立舞岡中学校二年生」

微笑みを浮かべた友紀に少し緊張した顔を向けたが、悟は淀みなく答えた。

「なんと！逗子の中学生かあ、ずいぶん遠くから来ているんだね」

「どうする？悟君、今さあ、向こうでわたしたち、炊き出しをしているのよ。夕飯まででしょ。一緒に食べていかない？それとも直ぐに家に帰る？ちょうどその最中に君らが騒ぎを起こしてくれたからね。ああ、この子たち、金パトの子よ。高校生の森なつみちゃん、浜崎の蒔田高校二年生。ああ悟君より年上ね。それからこの青年は松崎さん、今年初めて大学を卒業して支援員になったの。よろしくね。ちょっと驚かしてしまったかな？」

それまで後ろで様子をうかがっていた二人は一歩前に出ると、悟に向かって軽く会釈した。悟も黙って礼を返した。二人ともほっとした顔で笑いかけてくれた。

「友紀さん、もう行った方がいい。そろそろ今日の豚汁なくなるんじゃないか？ああ、俺はこの自転車の子と少し話したら、後で連れて行くよ。このままほっとけないしな」

「じゃ、二人分取っときますね。なるべく早く来てくださいね。いくら夏でも冷めたのは美味しくないですから……」

「ああ、すみません。お願いするよ」

もう少年はあきらめたのか、落ち着いて押し黙っている。うつむいている姿はいかにも寂しげだった。

「俺、もう帰っていいすかあ……」

自転車をひいて背を向けようとする少年の方を向くと、島田は笑顔で言った。

「ああ、だけど話だけもう少し聞かせてくれよ。頼むから……間違ってもどこかの交番に突き出したりはしないからさ。いまさら、仲間を追いかけたって仕方ないだろう」

「ほんとっすか……」

島田は自転車を押すと少年をベンチのある方へ連れて行く。

友紀についていきながら、悟が後ろを振り返ると、島田が何か懇々と少年に言い聞かせているのが見えた。だが、押しつけがましくないのが悟にはとても不思議だった。遠目でも少年の顔が、徐々に明るくなごやかになっていくのが伝わってくる。

「何か不思議そうな顔しているね？悟君……ああ、島田さんは絶対にどんな子どもでも裏切ったりはしないんだよ。どんなに現場で凶悪な子どもをつかまえても、話せばわかると言って、とことん話してくれる人だよ……そういう人なんだよ。きっと……あの子だって辛い荷物を一杯抱えているんだろうしね……あんたらの学校だってそういう人、そういう先生、いるでしょ」

「………？」

「さ、行きましょ。案外、あの子とも君は仲良くなれるかもしれないわね」

――はあ？ありえないじゃん！あいつらがやったのは間違いないんだし！

悟は友紀が言うことには半信半疑で、全く合点がいかなかった。

――そんなこと言ってるから、いつまでも反省しないいんじゃん！何度も繰り返すんじゃん。

人を小馬鹿にして、うかがうようなあの少年たちの視線は、満や健たちのそれとまさに同類だと悟は思わないわけにはいかなかった。……決して本当のことは言わない。偽りの仮面をかぶったまま、人をあざけり蹴落とすことで自分の立ち位置を守ろうとする……そういうよこしまな体臭を感じるのであった。悟は不承不承ついていく気持ちを露骨に態度で示すように、友紀たちとはかなり遅れて歩いていった。

小さい公民館のような建物に入ると、なかは煮物や汁物の匂いが充満している。床にべったりと座って談笑していたり、丸い腰掛けやパイプ椅子に腰掛けて豚汁を啜っている野宿者の姿もある。エプロン姿の若い女性や中年男性の姿も見える。後ろの大きなゴミ箱には食べ終わった容器が夥しい量で重ねて捨てられている。

空いていた丸い粗末な腰掛けを見つけ、四つ重ねて持ってくると友紀は言った。

「悟君、座って待ってて。此処でいいから……なっちゃんは悟君と此処で休んでいてね。

わたしたちで大丈夫だから、今もらってくるわ」

奥の方に炊き出しの豚汁を受け渡すコーナーがあるらしい。悟は何度も立ち上がりたい衝動に駆られたが、あきらめてじっと座っていた。

「あの、逗子って、湘南新宿ラインで来たんですか?」

横に座っていたなつみが不意に言った。ふと見ると澄んだ光を湛えたなつみの眼と合った。年上のはずだが、まだ幼さが残っている顔が眩しいくらいに愛らしかった。いつの間にか一つに結んでいた髪をほどいて肩までおろしている。青いTシャツがなつみの健康そうな顔をひき立たせてよく似合っていると悟は思って見つめた。

「……本当は俺、湯河原に行こうとしていたんです」

「えっ?ええっ!あの湯河原?……温泉のある?」

なつみは思いがけない答えに驚いたようだった。

「………」

それきり二人の会話は途絶えた。

友紀と松崎がトレーに豚汁を盛った使い捨ての丼とおにぎりを載せてやってきた。

「ああ、まだ間に合ったわ。充分温かいわ。ささ、食べましょ。生憎とこんなのしかないけど、お腹はいっぱいになるわよ」

「ありがとうございます」

先にすんなりした手をさしのべたのはなつみだった。立ち上がって受け取ると、悟にも手渡してくれた。

「美味しいでしょ、これ、近所の和食屋さんの差し入れなの……週に一度は提供してくれているのよ。もちろんボランティアでね。この辺の商店街の人は気がいいから」

豚汁は出しがきいていて美味しかったし、真っ白いおにぎりもまだ温かいお米の香りがした。

「所でさあ、うっかりしてたけど、悟君、家の方大丈夫? 家族の方心配してない?」

「ああ、そうですよね。僕も気になってました。大丈夫? 俺、送ろうか?」

豚汁を啜りながら、松崎も不安げに言った。

「ああ、大丈夫です。今日と明日は家には誰もいません。父は仙台に出張に出かけました」

「でもお母様は?」

「母は妹を連れて出ていったきりです……」

「まあ、ごめんなさい。知らなくて……嫌なことを聞いてしまったわね……」

「いいんです。もう慣れましたから……」

そこへ島田が、自転車の少年を連れて入ってきた。

「いやあ、やっと話が通じてね……やはり、近くの中原中学校の一年生だそうだ。花火を持ってきたのは別の子らしいけど、一緒にやったのには違いないから謝りたいって言うから来てもらったよ。悟君にも謝りたいって言うから聞いてくれる？あ、食べてからでいいよ。俺らもいただくから……というわけで、豚汁いただいたらこの子を一応医者に連れて行ってくるよ。骨にひびが入っていると困るしね。まあ骨折はしてないだろうが……その後、家まで送っていくよ」

「お疲れさまです。島田さん……毎度ですけど」

「友紀さん、また明日のチャリティ集会で会いましょう」

松崎が二人分の豚汁とおにぎりを新たに持ってきた。島田と少年が美味しそうに食べ始めると、友紀は悟の方を向き直って言った。

「ここで、明日と明後日チャリティ集会があるの。わたしたちの……野宿者支援協会の主催なの。野宿者もいっぱい来るけど、若い人も沢山来て、青空市や焼きそばにうどんのサービスもするの。悟君もなつみさんも良かったら来ない？お祭りみたいで楽しいわよ」

「あ、あのわたし、明日はＯＫですが、明後日は模試があるからパスです」

「ああ、ごめんなさい……なつみさんは大学受験生だったわね。いいのかしら、明日は」

「そんなに高いレベルを狙っているわけではないので大丈夫です」

「悟さんは？　高校受験の勉強は？」

「俺は公立を狙ってないし、空いてます」

「そう……じゃ、明日は……？」

そのとき一瞬だが、なつみの視線とぶつかった。

「明日は来ます」

きっぱりと言い切った悟の顔を見て、なつみはふっと恥ずかしそうに微笑んだ。

「それから、今日の金パト、どうだった？　感想を聞かせてくれるかな……今度の金パトもまた来てくれる？」

友紀はなつみの顔を不安そうにうかがった。

「学校でホームレスの人のことを授業でもしたけど、前は何で働かないでごろごろしてるんだろうって思ってました。中学生がホームレスの人を襲った話も聞いたけどしょうがないと思ってたんです。でも今日パトロールして、説明も聞いてこの人たちが悪いんじゃないし、働けないようにしている周りの方が悪いんだって考えさせられたんです。それに仕事がなかったら、直ぐに誰だってホームレスになっちゃうんだってわかりました。今は何もできないけど、何かしていきたいなって思いました」

松崎がいつの間にか、話しているなつみの傍に来ていた。

「俺も、始めは友だちに誘われて来たし、今まで何度かパトロールもやらせてもらったけど、野宿者の人たちはすごく優しくて温か。『どうですか？困ったことありませんか？』と声をかけたら六〇代の人が俺に、『兄ちゃん、大丈夫か？パトロールしてくれるのは嬉しいが、疲れないか？』と逆に気づかってくれていた。福祉だとか言っているけどこういう人を野放しにしていて、何も対応策をとらずに支援もしない。こういう人を苦しめている政治っておかしい。何とかして欲しいってほんとに思うよ」

友紀が松崎の素直な反応に深く頷いて言った。

「住み込みの労働者は何かの理由で首になって職を失えば、同時にすみかもなくして放り出されてしまう。次の仕事を探そうにも住所が定まっていなければ雇ってはもらえない……。そのまま野宿者になるしかないんです。本当に野宿者になりたくてなったんじゃない、そういう人が沢山いるのよね。社会の多くの人々からは死角になっている場所に……」

　友紀の言葉を噛みしめるように松崎は再び言った。

「俺も他人事じゃないな。奨学金だって返せない学生が沢山いるのに、日本は弱い人間を平気で切り捨ててると思いますよ。俺の周辺にも奨学金の利子が何十万にもなって返せない人がいるし、それって自分たちの責任？　学生の学ぶ権利は何も保障されていないよ」

「全くね！　許せないって思うわ」

「俺も何かしたいって思って、福祉支援センターに就職したんです。俺の友だちからも聞いてはいたけど、最近やってみて、こういうことかってわかったような気がするよ」

　松崎が嬉しそうに言って友紀と頷きあった。

「ここのいいところは純粋のボランティアでみんなが善意で続けているということね……こうした活動を自分の政治の宣伝にしたりする輩もいるけど……」

「そうなんですか……」

「ようし！　じゃなつみちゃんは、また金パトに来てくれる？」

「はい！　友紀さん、今度は友だちも連れてきます」

　悟は今の話についていけない分、妙に寂しかったが、なつみの穏やかな笑顔が自分に向けられているような気がして、思わず胸が波立った。

「うわーっ！明日から賑やかになるう！」

友紀はしんから嬉しそうに笑った。

三　落日

暗いトンネルの中で悟は眠っていた。熟睡していたのではなく、うとうととまどろんでいたのだ。澱んだ水底にいるような意識の存在を確認できたのは数分前だった。自分が何故ここにいるのかも定かではないし、前後の経過もどうしても思い出せない。

——第一、これは夢なのか、俺は夢の中を歩いているのか?

混濁した意識が霧のように流れ、次第に晴れてくると前方に視界が開け、明るい光が差し込んできた。どうやら自分は暗いトンネルの中を、ゆっくりと歩いているらしい……と自身の足の動きを感覚でとらえながら思った。

丸く切り取られた絵はがきの風景のように、悟の眼前に映ってきたのは、なんと湯河原の美しい茜色や枯れ葉色に彩られた紅葉の山々である。いわゆる奥湯河原と言われている場所のようだ。山の間のあちらこちらに湯気が煙っているのは温泉があるからだろう。悟は昔、家族四人で行った山の上のホテルの懐かしい光景を思い出している。自然に湧き出す温泉は箱根に近いこともあって、檜の湯船に入ると硫黄の香りが微かにしていた。妹の明香里がはしゃいで、浴槽で泳いでいる。母親の美也子が笑いながらも、懸命に止めさせようとしているのがほほえましい……。

――俺は湯河原には行かず、今日は浜崎で下車したのではなかったか……。

不意に悟は不安になって、後ろを振り向いた。

後ろにも別の光景が映っている。野宿者支援協会の友紀に誘われて、チャリティ集会に行き、なつみや松崎と焼きそばを美味しそうに食べている自分の姿が見える。楽しそうに笑い合い、かなり前からの知り合いのように振る舞っている。野宿者たちが集まって古着市で着られそうな服を選んでいるのも映っている。遠くから昔懐かしい演歌の歌声も響いてきた。

――ああ、これは昨日のことだ！

そう思った瞬間、悟は目が覚めた。外はまだ薄暗く静かで、朝日が昇ってくる時刻である。悟は自分の部屋で布団は暑さで剥いでいたが、ベッドの上に横たわっていた。

朝食に、昨日もらってきた手作りのパンとピザを出して、オーブントースターに入れた。最後の片付けを手伝ったお礼にもらったものだった。残り物の焼きそばとたこ焼きもリュックから出した。温めると香ばしいソースの香りが部屋中に広がった。一昨日からの出来事がまだ悟の中でいっぱいに膨れ上がったまま消化されていなかった。父と子の二人で暮らすようになってからは、直樹は研究のためによく家を空けた。今回のように遠方に出張に出かけることも少なくない。だから悟はこの広い家に一人きりで夜を過ごすことにも慣れていった。寂しいと言うより、口うるさい父親がいないという解放感に浸って喜んでいる方であった。留守をいいことに時々満たちが押しかけてきていたし、隆史へのいじめを行う場として、彼らの格好の隠れ家となっていたのである。

だが、今日の何かをなくしたような空虚さと暖かな優しさが交錯した充実感は、悟にはかつて一度も経験したことのない不思議な感情であった。

昨日の朝、なつみは浜崎の公民館に入ってきた悟を見いだすと直ぐに視線を送ってきた。

悟もなつみに会釈を返した。見る見るうちになつみの顔に隠しようもない嬉しさが走った。

悟が、なつみの傍に行くと、声をひそめて言った。

「悟君って……温泉がすきなの？」

「？……温泉？」

「趣味だったりして、変わってるう！」

「いや、ちょっと思い出があったから……」

「ふーん、結構ロマンチックなんだね」

「ほら……別れた母親と妹が住んでいるからさ……」

なつみは一瞬、驚いた顔を悟に向けたが、そっと微笑むともう何も言わなかった。まるで、すべての事情を瞬時に理解したかのように、悟を柔らかく包み込むように頷いた。

それきり、会話は途絶えた。二人とも友紀と松崎の指示で、炊き出しの手伝いや物資の運搬を手伝ったりしているうちに、あっという間に昼になった。公園内は派手な横断幕が張られ、焼きそば、たこ焼き、豚汁、冷やし蕎麦などができあがり、それぞれ長い列ができている。青空市の古着コーナーは、野宿者たちで大変な人だかりである。四、五人のグループで互いに似合いそうな物を物色して楽しんでいる。夏場だが、真冬のダウンコートやジャンパー、セーターなどが人気である。

「みんな、冬の寒さを段ボールハウスで凌がなきゃならないでしょう、暖房はカセットコンロや携帯用のカイロや粗大ごみで見つけた石油ストーブぐらいだから死活問題なのよ。こういう集会で掘り出し物を探しておくのね。毛布なんかも取り合いになるほどよ。こんな世界見たことないでしょう……なつみちゃんも悟君も」

なるほど見ていると、取り合いになりそうな険悪なムードになるときもあるようだった。だが、互いに顔見知りなのだろう、切実な思いはあってもいかにも弱々しそうな感じの者に譲っていくという流れは、仲間を大切にしているという友紀の言葉を裏付けているように思えた。島田が仕方なく仲裁に入るときもあったが、病気持ちらしい野宿者が大事そうに毛布を抱えて去っていく姿を悟は何度も見た。ここでは最も弱い者が一番大切にされるのだと島田は説明してくれた。

――俺らの世界とは違うなあ！

弱い立場の者は必ずいじめや虐待のターゲットにされる。だからそうされるのは絶対嫌だから、弱い者は這い上がり、強く見せようとするのだ。いじめられても耐えていくばかりで決して告発することはない。勇気を出して告発しても誰も守ってはくれないのだ。いくら担任や生徒指導専任がわめき立てても、いじめている子どもたちを本気で断罪しようとはしないのだ。なぜなら、いじめをまともに暴けば、必ず教師いじめになり、とことん授業妨害や嫌がらせにあうのを教師たちも知っているからだと悟は身に染みて知っている。学校でも心配そうに声をかけてくれた教師もいないわけではなかったが、具体的に力を貸そうとする教師は悟の周辺には見当たらなかった。いつも忙しそうにしている教師が多いせいかもしれない……。

——ここにいる野宿者たちは…………。

表面的にはここにいる野宿者たちは他の市民に軽蔑されても、それに甘んじて日々、食いつないでいる。仲間と助け合い、食べ物を分け合って生活することを当たり前に思っている。確かに汗や垢にまみれて汚らしい風体をしてはいる。段ボールや毛布にくるまって、段ボールの上やベンチで寝入っている彼らを誰がつくったのか？何故彼らは温かい布団で眠ることができないのか？

悟はこの疑問を友紀にいや、なつみにぶつけてみたら何と言うだろうかと思った。しかし同時に言えないとも思った。社会の仕組みとでも言うような、巨大なものに押しつぶされていることはわかっていながら……今はどうすることもできないもどかしさを知っているからだ。だがそれでも、どう思っているのか、やはりぜひ聞きたいという思いは膨らんでいる。

「ねえ、わたしも湯河原に行ってみたいな……」

温かい声が耳に響いてくる。なつみが別れるときに言った言葉だった。

「…………」

悟は返す言葉が見当たらなかった。それでも気に障ったのでもなく、答えるのが面倒だったのでもないのである。そのとき湯河原の紅葉で彩られた美しい温泉街の山道を登っていく若い二人の姿が、突然悟の脳裏に浮かんだことに自分が驚いたのであった。

「ごめんなさい。変なこと言って……」

「いや、いいんです……」

「今日は楽しかったわ……あしたは模試で辛いけどね、頑張る気持ちが湧いてきたし……」

「受験うまくいくといいね。俺も来年だけど……」

「悟君もね、時々は勉強も……それから……また金パトに来てもらえたら……なつみ……なつみ超、嬉しい！」

なつみはそう言うなり、悟の返事も聞かずに走って去った。恥ずかしそうに最後の言葉を残して去った、なつみの愛らしい横顔が悟の脳裏に焼きついた。

「ただいま……悟、いるのか?」

憔悴しきった声で直樹が旅行用のバッグを重そうに引きずりながら帰ってきた。沢山の資料がバッグには詰め込まれているのだろう、そのまま二階の悟の部屋を素通りしようとした直樹に向かって、悟は部屋のドアを勢いよく開けて言った。

「父さん、俺、明日から学校行くよ……」

その言葉を発したとき、悟は湯河原でかつて見た海の美しい落日の光景が辺りに広がり、澄んだ茜色に心地よく包まれていくのを感じていた。

Ⅲ　モルダウの風

一　誰も知らない

一

歩く度に少し軋む薄暗い階段を一歩ずつ下りていく。

白い靴下をはいた足を進めるたびに、鏑木周は不安の渦巻く沼にずぼっと足を取られ、沈んでいくような怖れに駆られている。忌まわしい過去に引き戻され、見えない力に鷲づかみにされるような錯覚を覚えている。次第に高鳴ってくる胸の鼓動が足の動きを躊躇させていた。

――だが、引き返すことは……もうできない……。

廊下や階段には朝方の冷えがまだ漂っていた。例年だと周の住んでいる湘南地区でも雪が降る時期である。北海道や東北地方など雪の多い地域では吹雪や雪崩が起こりやすくなっていると、早朝のテレビニュースで聞いたばかりだ。

――寒いはずだ……雪でないだけ、まだいい……。

周はダークグレーのダウンジャケットのポケットに入れっぱなしになっている革手袋を

さがした。今年の冬にはまだ一度もはめていない。くしゃくしゃになったコンビニのレシートと一緒に黒の革手袋が出てきた。懐かしい物に出会ったように微笑むとレシートを階段の隅に捨て、手袋はそのままポケットに押し込んだ。

階段を下りるとようやく薄日が差し込んできた玄関に、周はそのまま真っ直ぐに向かった。異様に喉が渇いている。少し厚めの黒のセーターと黒のコーデュロイのパンツを着て、ダウンジャケットを羽織っている。近隣の街の何気ない風景の中に、自然に溶け込んでしまえるようなありきたりな格好だった。できるだけ目立たないようにと鏡の前に立って何度も点検したばかりである。今日の外出を止めるかどうか、既に一時間以上も部屋で悩み抜いた末の行動であった。

戸外の道端には霜柱が立ち、池や川の水は凍りついていているだろう。

止めるのなら今だ！という声が何度も頭の中から響いてくる。

——お前は人と顔を合わせられるのか？身体が震え、視線が凍りつく……あの瞬間を忘れたのか？忘れられるのか？止めるのなら今だよ……。後戻りすればいいんだ……誰も責めやしないはずだ！誰も！

階下は何事もなく静まりかえっている。母親の佐知は奥のリビングで息を潜めたまま姿を見せない。ひょっとして何処かへ出かけた後かもしれなかった。ここ最近は二階にいる周には何も言わずに出かけることが多い。でも、それはもうどちらでもいいことだと思える。こうした急な外出は周にとって何週間ぶりだろう、靴を履きながらぼんやりと最後に外出した日のことを思い出そうとしている。

――この前、この靴を出して履いたのはいつだったろう……。

紺色の運動靴はまだ新しく、綺麗なままだ。靴紐がくすんだ銀色なのが周はとても気に入っていた。今までの履き古した運動靴は佐知が処分したらしく、靴箱のなかには見当たらなかった。紺色の靴も家族の靴が並んでいる靴箱の一番奥に仕舞われていた。

――……………。

そっと靴を履くと、いつもの靴の感触が足先に蘇ってきた。まるで足底に吸い付くように収まり、何の違和感もない。自分の靴だという実感が膨らんだ。……周は満足げに廊下の突き当たりの奥のリビングに視線を移した。だが、しっかりと閉ざされたドアは動く気配が感じられない。周は少し物足りなさを感じて眼を閉じると、静かに玄関のドアを開けて、薄い日射しが差し込む戸外に躍り出た。肌を刺す寒風が容赦なく周に襲いかかった。周は思わず身震いした。見慣れた風景が、色褪せた記憶のまま眼前に広がった。

空はどんよりと暗い雲が垂れ込めていて、今にも雨か雪が落ちてきそうである。

——わかりきったことだ……。

自分の存在は周囲の人からは既に消されてしまっていると改めて思わないわけにはいかなかった。不意にそのことに周は思いっきり打ちのめされたような気がした。

「周は！周はいつまでこうしているつもり！いつになったら………！本当にいつになったら……」

息子と顔を合わせても、佐知はいつも感情を抑えることができず声を詰まらせて……最後には周の前で泣き崩れるだけだった……。

暗い海をのたうち回るような絶望的な悲しみも……身体が、この身体がすべての世界を拒否していると周は思った。この自身の止めようがない怒りも……佐知ばかりか……周囲の人たちは誰も知らないのだ！そうやって……俺は誰にも知られずに、この家の片隅でこうして年老いて朽ち果てていくのだろうか……。

周はまだ一七歳で、順調に進んでいれば、高校二年生のはずだった。

だが、上背があり、痩せ型で神経質そうな雰囲気がある周はどうしても一〇代には見えなかった。覇気がなくトロンとした眼と緩慢な動きのせいで、二〇歳はとうに超しているように周囲の大人たちからは見られていた。いつも怯えたような暗い瞳を泳がせ、色白の顔の表情に張りもなく、イケメン風な整った顔立ちながら、投げやりな、虚ろな眼差しがいつの間にか同級生たちの反感を煽った。

中学時代からいじめグループの標的となり、放課後や休み時間に呼び出され、執拗にいじめられ続けた。自分から友だちをつくることができず、ひとりぽつんと音楽室に行き、楽器をいじったり、ピアノを弾きながら歌を歌ったりすることが何よりも好きな周であった。ただ榊篤志だけは唯一例外で、小学校以来の友だちなので、時々誘い合うようになっていた。登下校は家も近かったので、一緒になることも多かったのだ。

篤志と進路が別々になり、高校に入ってからも毎日のようにいじめグループに眼をつけられ、呼び出されていじめられていた。暴力も半端ではなく、かなりの痣やこぶをつくって帰宅したこともある。苦労して入った浜崎高校にまともに通ったのは、入学して一ヶ月程でしかなかった。誰にも打ち明けられず身体が受け付けなくなり、学校に行けない日々が続き、ついに不登校の生徒とされ……やがて自分でもどうしようもない引きこもり状態になっていった。

湧き上がる凶暴な暴力への憧れ……何者も許さない強靭なヒーローのような情熱……。

それらが目の前で自信たっぷりに通り過ぎて行くのをただ眺めていた。相手の言うがままに動いていくしかない自分にうんざりし、行き着く先がしごく飽き飽きした退屈な生活の中で眠り込むしかないとわかったとき、どれほどこの身が焦がされ、引き裂かれたことか。どれほど深みにはまって沈み、絶望したことか……。

——誰も！……誰も知らないのだ！

だが、周にも至福の時と言える時間があった。

薄暗い灰色一色の空虚な時間の中で、唯一、周が心から喜びに浸れる時間が。それは音楽である。モーツァルトやベートーベンなどのクラシックやジャズ、ロック、フォーク、歌謡曲と呼ばれるものは、聴いた瞬間に瞬時に自分向きか、そうでないかを聴き分けた。こだわりが強い周は気に入った曲は何度も何度も繰り返し聴いた。中でも特に気に入っているのはバッハやモーツァルトである。ささくれ立った悲しみに暮れる日も、痛々しい生傷が服の下にできて動く度に疼く時も、バッハやモーツァルトの曲やオペラの歌を聴くと身体に奪われた力が戻り漲ってきて、身体中に嬉しさが弾けてくるのだった。何も考えたくないとき、受けた傷の深さをすべて忘れてしまいたいときに、周はバッハの「G線上のアリア」を思いっきりボリュームを上げて聴いていた。聴きながら、大声で号泣したこともある。うすうす佐知もそうした事情を知っていて、昼間なら誰もいない部屋で大音響で聴いていても取り立てて何も言わなかった。そうして周は心の奥に仕舞いこんでいる自分を取り戻し、辛うじて生きていたのかもしれない。

周は革手袋をはめて、浜崎駅前の賑やかな通りに出ると、ジャケットの胸ポケットを探った。小型の黒のコインパースが入っている。いつも行くコンビニの隣に馴染みの花屋があった。この界隈は駅に近いので一〇時開店を待たずにもう開いていた。

「あら、鏑木さんとこの……周くんじゃない?」

入り口で見覚えのある店主の榊光子と眼が合った。この店のひとり息子の篤志と周は小学校の頃からの幼馴染みである。つとめて光子の声に気づいていないように振る舞いながら、周は顔を背けて花を物色した。店内は土曜日ということもあり結構混んでいる。

「珍しいじゃない?周くんがお花なんて……さては彼女にプレゼント?」

色とりどりの薔薇が銀色のバケツに差してある奥のガラス戸を開けて、光子は親しげに手を振って周を誘った。懐かしさで光子は少し舞い上がっている風に見えた。戸棚の中は全体に霧を振りかけた後のようで、薔薇の柔らかな花びらがつややかに光っている。

「やっぱ、女の子には薔薇でしょ。安くしておくわよう！周くんにはうちの篤志と昔仲良くしてもらったし……ね。いま、どうしているの？高校には行ってるの？」

周は次々に話しかけてくる光子には見向きもせずに、素っ気なく「サービス花束」と書かれたバケツから、ひとつ掴むと黙ってレジに向かった。

「え？？？それでいいの？普通にお仏壇の花だけど？」

「…………」

周は苦虫を噛み潰したような顔で、光子に黙って花束を差し出した。

「なんだあ、佐知さんに頼まれたのかな？相変わらずかあ……色気がないわねえ……」

そう言っても、全く視線を合わせようとしない周に溜息をつくと、光子は無造作に包装紙を花束に巻き付け、にべもなく言った。

「はい！三二〇円毎度どうも！」

二

佐知はリビングの籐椅子に寄りかかりながら、身じろぎもせずに耳を澄ませていた。

テーブルの上には最近、自分がはまっている折り紙細工の作り方の本を広げている。それでも先刻から、少しも視線が誌面の上には定まらず、掃き出し窓から外の道並みを何気なく眺めている。

どんよりとした空は、佐知の不安をますます掻き立てるようだった。近くの生け垣に山茶花が鮮やかなピンクの色を浮き立たせ、寄せ合うように固まって咲いている。枯れ木の多いモノトーンの背景のなかで、ひときわ華やかに眼を和ませてくれる。つぼみが膨らみかけてきた蝋梅の木も澱んだ色彩に映っている。あの道を周はどんな思いで、歩いて行ったのだろうと佐知はふと思った。俯いて肩を落とした周の寂しい後ろ姿を、一瞬、垣間見たような気がしている。

リビングは玄関からは奥まったところにあるが、ちょうど二階の息子の部屋の真下に位置しているので、否応なく天井からいろいろな音が聞こえてくる。時折物を投げつけたような炸裂音や大音響の音楽が洩れて流れてくることもある。そのたびに周は何をしているのだろうと不安になり、つい意識が向いてしまうのだ。

今日は、もう一月も終わろうとしている三〇日だった。

年が新しくなるたびに、今年こそは周の進む道をはっきりさせてやりたいと佐知は思うのだったが、当の本人が全くやる気をそがれていて、何を言っても宙ぶらりんで自分の世界を広げようとはしないのが、何とも空しかった。浜崎市の福祉支援センターに行き、やっと探してもらった川崎のフリースクールにも昨年の一〇月から通い出したが、週に二、三回通学しているだけで、帰りは判を押したように定時間に帰り、すぐに部屋に閉じこもった。そういう自分の世界から一歩も出ないところは、今までとあまり変わりばえがしないように見える。担当の支援員の松崎守は「週に何回かフリースクールに足が向くだけでも、周くんには画期的ですよ。粘り強くやっていきましょう」と佐知を励ましたが、佐知は既に気力を失いはじめている。

公立の浜崎高校は退学同然になり、全く連絡は来なくなっている。唯一、中学校の音楽教師で元の担任だった美浦映子だけが、今でも時々、周の様子を見に来てくれている。周は学校の成績は良い方で、特に音楽がとても好きだった。クラシックからポップスまで沢山知っていて、ヘッドホンでしょっちゅう聴いている。時々ジャズやオペラの曲を口ずさんでいる。一度中学の合唱コンクールで独唱したこともある。だから、映子とは音楽の話題で盛り上がれる相手である。しかも新しいＤＶＤをお土産にいつも持ってきてくれるので、周も映子の来訪は心待ちにしていた。そういうときの周は頬がバラ色に染まり、眼の輝きが加わって、まるで生気を取り戻したかに見えるのである。

周は朝の食事だけは家族と一緒に食べていたが、残業の多い出版社に勤めている父親とは全く口を利かず、小学四年生の妹の佳純にも冷たくあしらわれている。大抵はふてくされて怒ったまま、ご飯をかっ込んでいる有様である。

——ああ、つい今朝も……そうだった。

今朝のゴタゴタを佐知は苦々しく思い起こしている。もう何度も何度も繰り返されてきた揉めごとで、これといって目新しいことではなかった。


食事中に向かい合って座っている周を睨んで、佳純が不機嫌に言った。

この日は佳純がうさぎ当番でいつもより三〇分早く登校しなければならない日だった。

「お兄ちゃんってなんか臭い！もっと離れてよ！」

「はあ?……」

周も刃物のような鋭い視線を妹に投げた。

「いい加減にして！お兄ちゃんって、ほんと、ダサイ！」

怖いもの知らずの佳純も負けてはいない。佐知が佳純を睨んでたしなめる。

「佳純ったら！そんなこと言わないの！」

「ほら、すぐ睨むし……お母さん、早くして。もう後二〇分しかないじゃない……」

こんなことしていられないんだ、わたしは忙しいんだからと言いたげな口ぶりで佳純はふてくされた顔をした。

「自分が朝寝坊してきたから、悪いんじゃんか！」

頭に来たときの癖で周はすぐに立ち上がり、テーブルの上にあったフォークを掴んで、佳純めがけて思いっきり投げようとする。佐知が咄嗟に周の腕を掴んで、眼で合図した。

「わかったよ！……」

周はすぐにフォークを投げだし、椅子に倒れ込んだ。大きな音を立てたが、辛うじて気持ちを落ち着かせたようだった。佳純はふくれたまま皿の上のスクランブルエッグを食べ始めた。佐知も座ってトースターからパンを取り出し、四つの皿に分けてのせた。気まずい時間が流れ、四人が黙々と厚切りハムやサラダを食べる音が、ダイニングに響いている。

佐知が黙って新聞を読んでいる夫の雄二の方をちらちら見ながら、周の肩を優しくたたいた。こういう他愛のない口げんかも、かつて雄二はとても苛立って、いつも周の方を先に注意することが多かった。がっしりした身体つきの雄二は、ひょろっとした青白い顔の周より、小柄だが父親似の骨太な佳純の方を好ましく思っているのかもしれない。そうした空気を読んで、佳純はなおさら煮え切らずにいる兄に、辛く当たることが多いようだ。佐知はいつ雄二が怒りを爆発させるか気が気ではなかった。慣れていることとはいえ、周がキレて物を投げる時には黙ってはいられないはずだ。何でも積極的にバリバリものを言い、自分の意志を押し通そうとする佳純を見る度に、佐知は周が不憫に思えるのだった。佳純は色白で整った顔つきをしている。笑うと可愛らしいえくぼが見え、どことなく人を引きつける魅力があり、友だちも多かった。

鏑木家の朝食はいつもパンと決まっている。厚切りトーストにたっぷりオレンジマーマレードを塗るのが佳純流で、面倒くさがり屋の周はバターを塗るだけですぐに頬張っている。父親の雄二も佐知もパンには何もつけない主義で、スープとサラダの方を好んで食べる。最近雄二の血圧が高めなことを考えてのことでもあった。野菜不足を補うためにスープはソーセージや野菜がたっぷり入っていた。

周と佳純は七歳も離れている。そろそろ一〇歳になろうとしている佳純は、高校にも行かずに何事もはっきりしない兄を最近では煙たく思い始めている。兄のことを引き合いに出して佳純をからかう連中が小学校にはまだいることも不快であったのだ。

普段は佐知も根負けして、周が黙って食べるのを終えるまではごたごたが起きないようにひたすら黙ってやり過ごしていたが、今日はどうしても伝えなければならないことが起きていた。

周は皿にまだ食べ物をあらかた残したまま、疲れたように立ち上がった。

みんなは一瞬ぎょっとして、周に視線を向けた。

すぐに周は背を向けると、二階へ向かおうと身体を動かした。

その周を佐知は懸命に呼び止めた。

「周、ちょっと待って……生活自立支援センターの松崎さんから連絡があったんだけど……」

「何?……後にしてくれる?」

俯いたまま周は、面倒くさそうに言った。佐知ははっとした。思った通りの反応だったが、ここで譲歩してはいけない……と思いながら慌てて続けた。

「だけど、そういうわけにはいかないのよ! 今日一〇時に浜崎駅前の生活自立支援センターで、水野さんの追悼集会をするんですって。あのホームレスの水野さんよ。周も知ってるでしょ、水野さん……昨晩亡くなったそうよ……周も世話になったはず……」

周は一瞬、はっとして息をのんだ。

「え……死んだ？……何、それ？」

「周に来てほしいそうよ。松崎さんは携帯にメールを送ると言っていたけどね……行くの？周、どうする？」

佐知はすがりつくような声を出して聞いた。

「わからない……」

「まだメール来てない？松崎さんに自分で返事しておいてよ？」

「ああ……」

周は動揺を隠すように足早に階段に向かった。スマホは持っていたが、最近は周はほとんど使っていなかった。周にとっては寝耳に水である。


新聞から視線を移してスープを飲み終えると、雄二は呆然と立ちつくしていた佐知に、疲れた顔を向けた。

「おい！本当なのか？ホームレスが死んだなんて……」

「ええ、しかも誰かに殺されたらしいのよ。気の毒に……」

「危険だな……佐知、周には行かせない方がいい……刺激が強すぎる……やっとフリースクールも軌道に乗ってきたんだ、何とかしないと……今に八方ふさがりになるぞ」

「私もそう思ったんだけれど……松崎さんにはお世話になってるし……と思って……」

「周が行ったところで、何も解決しないし、近所の人たちにかえって変な眼で見られないのか?俺はその方が心配だな。柔な神経してるから、周は……今までだってちょっとしたことで挫折してきたじゃないか」

「でも……」

夫はいつも自分に怒りをぶつけるだけで、自分から周に向き合おうとはしないのだ……と佐知は悔しかった。今頃言わないで、さっき必死に周を呼び止めたときに一言、言い添えて欲しかったのに……と佐知は言いたかった。だが、こんな出勤前に言い争いはしたくない。そう言えば、まだ雄二には松崎の連絡をきちんと伝えていなかったことを思い出した。雄二にしてみれば、いかにも唐突で、言いようがなかったのかもしれないと佐知は思い直した。

「ごめんなさい。あなたに詳しく伝えていなかったから……」

「まあ、いいけど……俺は止めた方がいいと思うよ。あんたも、もう少し慎重に周のこと考えたら？松崎さん任せになってない？」

「そんな………」

「ねえ、お母さん、もう行かないと遅刻！」

食べ終えた佳純の苛々した声が大きく響いて、夫婦の会話はそのまま途切れた。

佳純はそそくさと立ち上がると、ランドセルを持って玄関に走っていった。雄二も不機嫌に新聞を畳むと、洗面所に行き歯磨きを始めた。

二　襲撃

一

周がおかしくなったのは中学二年の冬からだった。

お正月休み明けのある日のことである。いつものように幼馴染みの榊篤志と元気に帰ってくるはずが、夕暮れになっても姿を見せない。そんな周を不審に思い、とりあえず迎えに行こうかと佐知が考えていた矢先に、玄関に篤志が息を切らして飛び込んできた。

「大変だよぅ！おばさん、周が……周がやられている！」

「えっ！　どういうこと？篤志くん？」

「早く行かないと殺されちゃうよぅ！」

篤志は半分泣いていた。

興奮している篤志を追い立て、取りあえず案内してもらうことにして、佐知はすぐに玄関を飛び出した。足がもつれ、何度も転びそうになりながら、佐知は篤志の後を追って、見慣れた道をひたすら走った。周囲の景色がどんどん後ろに飛んでいく。息が切れ、胸は早鐘のように激しく鳴っている。誰かの「鏑木さーん！」という呼び声も佐知の耳を通り過ぎて行く。

駅前近くの小さな公園の一角で、佐知は信じられない光景を見た。周より上の学年らしい中学生たちが四人で取り巻いて、倒れている周を足で激しく蹴っている光景が、佐知の眼に前触れなしに飛び込んできた。その傍らで、周をかばうように血だらけになりながら、うずくまって動いている男性の姿も見える。

ああ、誰かを巻き込んでしまっている！と佐知は咄嗟に思った。

「あーっ！なにをしているの！やめて！」

佐知は思いっきり大声で叫ぶと、周を蹴っている中学生の一人に突進した。

「あなたたち、やめなさいよぅ！誰かきてぇ！やめてぇ！誰かぁ！」

ピアスをしている背の高い中学生が、はっとして後ろを振り向いた。

「あっ、やばい！おい、どっかのおばさんが来たぁ！逃げろーっ！」

大声を上げながら周の上に身体を投げ出した佐知の姿を見いだすと、驚いて声を荒げた。

「こんなホームレスと一緒にいるから、テメエはだめなんだろうが！」

「このホームレス、むかつくんだよ！えらそうに言うんじゃねぇよ」

頭に剃りを入れた別の中学生たちは倒れているホームレスらしい男性に唾を吐いて喚いた。そのうちのひとりの中学生の腕を、ピアスの中学生がいきなり掴むと、相手の身体を揺さぶりながら、他のふたりにも大声で怒鳴った。

「おい！もういいから、早く逃げろ！ホームレスなんかほっとけよ！」

近くにあった自転車にそれぞれが飛び乗ると、中学生たちは笑いながら逃げて行った。

篤志は、すぐに倒れている周たちに向かって駆け寄った。

「周、周！大丈夫なの？救急車を呼ぼうか？」

「いや、いいから……」

周は殴られて唇が腫れて切れ、血を出している。横腹も押さえていたので、蹴られて痛みがあるのだろう……。佐知は痛みをこらえている周を夢中で抱えてさすりながら、傍らの泥と血にまみれた男性にも夢中で呼びかけた。

「すみません、大丈夫ですか？どこか怪我はしてませんか？うちの子のために、とんでもないことになって、申し訳ありません。救急車を今呼びますからね……」

「いや、やめてください。これくらい平気です……あいつら、手加減してたから。ほんとうに大丈夫ですから、どうか、このままで……救急車だけは勘弁してください」

苦しそうに咳き込みながらも男性は、身体を揺らして言った。

近くに小屋を造って住んでいる五〇歳ぐらいの野宿者だった。近所の人たちに「水野さん」と呼ばれている人だった。時々、段ボールを一輪車に沢山積んで、人なつっこい笑顔を見せて商店街を通っていくのを見かけていたので、佐知も顔見知りだった。

水野は顔面が鼻血で真っ赤に染まっていたが、特に怪我はしていないと言った。古びた黒のダウンコートを着ていたが、無残に泥や血で汚れている。白髪交じりの髪は黒の毛糸の帽子で保護されていて無事だった。

「いや、あの子たちはよくこの辺を自転車で乗り回していて、最近よく見かけます。ひとりは少年院から出てきたばかりらしいですよ」

水野はそう言うと、立ち上がって首の周りに巻いていたタオルで血を拭った。

「ほんとうに、水野さん、大丈夫ですか？」

「ああ、もう鼻血は止まったようだ……俺はちょうどここに通りかかったもんだから……つい、黙ってられなくて……やられるのはわかっていたんだがね。周くんは全然抵抗しなかったのに、あいつら、やりたい放題だったから、痛かったろうなぁ……つらかったろうなぁ……周くん、あっちは四人もいたし、どうしようもなかったなぁ」

「…………」

周はうなだれていた。虐められることは周にとっては珍しいことではなかったが、彼らは暴力のレベルが違っている。あと少し佐知が来るのが遅かったら、どうなっていたことか……と周は思い、怒りで震えた。

「ごめん、ごめんなあ！周！俺がやつらに『連れてこい』って言われて、俺、怖くて断れなかったんだ……だから、おばさんを呼びに行ったんだ」

水飲み場の水で濡らしたハンカチを周に渡しながら、篤志は激しく泣き出した。

「ありがとうね……篤志くん、周、このハンカチを唇に当てて冷やそう……」

佐知は押し黙っている周を抱え直すと、直ぐにハンカチを押し当てた。

泣きじゃくっている篤志から話を聞くと、襲った中学生は周たちよりひとつ年上で、普段から年下の中学生をつかまえてはお金をせびったり、万引きをさせたりしているワル連中だという……。学校でも手に負えない生徒たちとして有名なのだということだった。教師たちも関わり合いにならないように見て見ぬふりをしているらしい。体育館の裏や公園の空き地で、必ず誰かがボコボコにされている……。それが今日は周だったのだ。

「やれ！と言われて言うことを聞かないとリンチされるんだ……ボコボコにやられるんだよ……みんな怖がってる……誰にもとめられないんだ」

周は怯えたように言った。

「ほんとうなの？篤志くん……」

「ああ、ほんとうは……もう卒業を控えていて忙しいはずなんだけど、何処にも行き場がなくて、昼間は大抵学校の周りや公園をふらふらしてる……」

篤志は泣きながらも懸命に説明している。

再び周に深々と頭を下げて言った。

「今日は俺が悪いんだ。コンビニでぶつかったときに、あいつらに目をつけられたから……周が言うように俺がコンビニに寄り道をしなければ、あいつらには会わなかったのに……周、許してくれ！」

「…………」

周は押し黙ってただ頷いている。

たまりかねて水野が篤志の肩をたたくと言った。

「そんなに、自分を責めなくていいんじゃないか？篤志君と言ったっけ……これからも周くんと仲良くしてやって……もう周くんだってわかっているよ。なあ、周くん」

水野はもうあっけらかんと笑っている。活力が蘇ったようだ。

「あ、水野さん、ご迷惑をおかけしました。よごれたダウンコート、わたし、洗いましょうか？このままではもう着られないでしょうし……」

「ああ、大丈夫、大丈夫……これ一張羅だしね。もう少し使いますよ。まだまだ寒い日が続くからね……これ、優れものだよ。汚れても、本物のダウンだから温かいんだ」

水野は、近所の主婦に、親切に譲ってもらったものだからと嬉しそうに眼を細めた。

――あれから、もう三年になる……。

佐知はふと時計に視線を移した。

――もう九時半をまわっている……松崎の説明だと、水野の小屋で一〇時に集まった人たちで黙祷を捧げてから浜崎市福祉支援センターで追悼集会に臨むのだと言うことだった。さっき周が玄関を出て行く足音がしていたが、小屋に行ったのだろうか……？

今はもう、二階は人の気配が消えて、静まりかえっている。深閑としている空気が佐知の不安を煽った。いてもたってもいられないという気がして、追い立てられるように佐知は立ち上がった。周の姿を見つけることができなくても、まずは、水野に手を合わせることだけでもしよう……夫はあんなに反対していたが、佐知はこのままほってはおけないと思った。三年前の周をかばってくれた水野の血だらけの顔が、ぽっかりと脳裏に浮かんでいる。

佐知は黒っぽいジャケットに黒のセーター、パンツをはき、グレイのウールコートをクローゼットから取り出すと、急いで羽織った。

二

「あら、鏑木さんじゃない？さっき周くんを見かけたわよ」

佐知が水野の小屋に行く前に、何か買って持って行こうか、店が立ち並ぶ道を歩きながら悩んでいたとき、花屋の前で、バケツから水を撒いていた篤志の母親の光子に呼び止められた。

多くの店は一〇時開店の準備で忙しそうである。この花屋のように既に九時から開店している店も沢山見かけた。この辺りは駅前に続く古くからの商店街なので、通勤通学に通る客が多いために売り声も力が入っている。佐知にとってはいつも買い物で通る馴染みの通りだが、この活気に満ちた朝の賑々しい瞬間が好きであった。多くの人が生き生きと行き来している様を眺めながら、自分が今の瞬間を共に生きているという安堵感が生まれてくるのを感じるからであった。ささやかな幸せの充足感とは、こういう感覚なのかもしれないと佐知は日頃から思っている。だが、今朝は光子の晴れやかな顔も威勢のいい売り声も、思わず耳を塞ぎたくなるような、受け入れがたいものがあった。

「えっ！周が？……」

「そう、周くんが……　花束買って行ったわよ。仏壇にでも供えるのかしら、仏様用の花を買って……あら、家に戻ったんじゃないの？」

「いいえ？」

怪訝な様子の佐知に驚いて、光子は慌ててバケツを片づけると、佐知に近づいてきて言った。

「じゃあ、あの花はどうしたのかしら？」

「周がこの店に来たんですか？花も買って？」

「だからね、わたし言ったのよ。彼女に渡すんなら薔薇がいいわよって。でも、口も聞かないでぷいと出ていったのよ。何かあったのかしら……」

「いや、彼女なんて……光子さん、周は知り合いの人が亡くなったから、そのお葬式に行くつもりだと思うわ」

「そうだったの……お葬式に？でも篤志は、何も言わなかったから、篤志の知らない人なのかしらね……」

「そ、そうだと思うわ……」

「ひょっとして、あのホームレスの水野さん？　何か昨日の夜遅く、殺されたらしいの……この辺ではもうその噂で持ちきりよ……さっき警察が聞き込みに来ていたし……でも犯人はつかまったみたい。なんと中学の卒業生ですって。三人でつるんでやったらしいわよ。ショックよねえ、水野さんは穏やかで、全然ケンカなんてしない人だったし、明るく声をかけていたし。いつも肉屋の森本さんが店じまいになると、差し入れを持って行ってあげていた……そんな温厚な人を暴力で殺すなんて！許せないわね……あっ！お客さん来た！悪い、鏑木さん、またね……」

五、六人の客が花屋に入っていくのを見て、光子は慌てて佐知に詫びながら、店に戻っていった。

花屋を覗くと中はかなり混んでいる。佐知は花は止めて、ふと見かけた自動販売機のカップ酒を買った。毎日貧しい小屋の中でひとり、カップ酒を飲むのが何よりの楽しみだと水野さんが笑いながら語っていたことを思い出したからだ。

——きっと花は誰かが用意するだろう……。

周が気をきかせて花を持っていったのなら、画期的だ。何をするにも消極的で、むしろ何もやりたがらないあの周が……自分の力を全く信じないばかりか、やる前に投げ出してしまっている周が、誰かのために自分から行動を起こすなどあり得るのだろうか？水野のために花を？……信じられない気もするが……。松崎のメールがやはりよかったのかもしれない。三年前に水野に救ってもらったことは、いまだに覚えている。周だって、恩を感じているに違いないのだ。

――だが、あの周が？そんな風に考えて行動するだろうか？

そこまで自分の息子が信じられないのかと思い当たると、佐知は身を切られるような、救いようのない悲しみに襲われていた。

駅の近くの大きな公園の外れに水野の小屋はあった。

周りに三〇人ぐらいの人だかりがしていて騒々しく、悲しみと怒りで打ちひしがれた人々の声が遠くからも響いている。そこが異変のあった現場であることは一目でわかった。三年前に周が襲われたときにかばってくれたのが縁で、周もこの小屋にあの事件の後も何度か会いに行っていたし、佐知も怪我のお見舞いに湿布や消毒薬を持って、時々通った。そこは高速道路の橋桁の下で、普段は空き地同然の駐車場だった。夕暮れになるとこの辺りは人影もなく、淋しい場所になる。今日はその小屋の前に誰かが描いた水野の遺影が大きく飾られていて、空き瓶に活けた色とりどりの花やお菓子の袋、パンやおにぎりの袋、ミカンなどの果物、お酒やビール缶、瓶などが水野が使っていたテーブルの上に供えられている。水野はひとりで暮らしていたが、ここに小屋を造ったのは六年も前のことだという。多くの野宿者たちがこの小屋に訪れて、夜通し語り合ったり、食べ物を分け合ったりした。手向けられた品物が多いのも水野が多くの人たちに好かれていたことを物語っている。

黙祷は終わったのか、集まった人たちは事件の様子を口々に話し合い、涙していた。

「いや、辺り一面、血が滴っていましてね。血のついた棒やナイフ、角材、バットなどが散乱していて、ものすごかったですよ。むごいことでした……」

真っ先に駆けつけた巡査や駐車場の管理人が、現場のひどかった様子を集まった人たちに語っていた。仲間の野宿者ばかりでなく、支援員の他に近隣の地域住民もかなり多く来ている。佐知は小屋の前に進み出ると、テーブルの上に持ってきたカップ酒をそっとのせて手を合わせた。

「あら、鏑木さん、いらしたんですか……」

肉屋の森本さんだった。眼を真っ赤に泣き腫らしている。

「森本さんも、お疲れ様です。水野さん、可哀想に、とんでもないことで……」

佐知は声をひそめて森本に会釈した。

森本は我慢できないというように、語気を強めて佐知に言った。

「ほんとうに吃驚したわ！水野さんは大抵、夜は小屋の中にいないことが多かったんだけれどね、待ち伏せしていたらしい。たまたま戻ってきたときに襲われたらしいのよ」

「あんなに穏やかな人だったのに……なんてことを……」

近くに立っていた駐車場の管理人らしい人が二人の話に入ってきた。

「水野さんは、いつもきちんとこの小屋も片づけていて、ほんとうはここは小さな町工場の駐車場だったが、俺も大目に見ていたんだよ。とってもきれいにここを使っていてくれていたからね。その工場も三年前につぶれちまったし、俺はオーナーに言われて時々見回りに来ていたが、朗らかで腰の低い、いい人だったよ」

管理人の言うとおり、ここはオーナーも公認の水野の小屋だったのだ。

佐知が、後ろの方に眼を移すと、近所の人たちが巡査と熱心に話をしていた。

「子どもってのはわかんないもんだね……」

「ほんとうに、信じられない！あの子たちは中学生の頃から、札付きのワルだったけどね」

「何の恨みがあったと言うんだろうねえ！」

「恨みなんかないだろう？逆恨みか、逆ギレだろうよ」

「水野さんは、商店街で酔っ払いに絡まれても、いつもひたすら謝っていたよ。そりゃあ、気の毒なくらい……自分がホームレスだからって遠慮してたんだよ」

「それにつけ込んで、暴力をふるうなんて……やっぱ、親が悪いのかね……」

「いやあ、親だってこうなっちゃあ、お手上げだろうよ」

「警察も、もっとしっかりパトロールしてほしいよ。これじゃあ、怖くて夜道も歩けやしない……」

「あたしは、思うんだけど、水野さんはホームレスなんかじゃなかった、ここが彼のホーム、つまり家だったんだから……いつも、会う人には必ず挨拶してたし、いい人だったよ」

「そうそう、うちの子にも『しっかり勉強するんだよ』って言ってくれてさあ、まだ幼稚園の子だからさあ、きょとんとしてたがね……」

　このとき森本光江が、悲痛な面持ちで周りの人たちに訴えるかのように叫んだ。

「そうよ！水野さんは、ホームレスではなかったとわたしも思う。ここがおじさんのホームだったんだから。ねえ、みなさんはそう思いません？……わたしは夜遅く、段ボールを集めたり、空き缶集めをして早朝に売りに出ていた水野さんの働いている姿を何度も見ました。差し入れを持って行ってあげると押し頂くように喜んで、水野さんはいつも周りにも気を遣って、つつましやかに生きていたんです。それなのに、なぜ！……ひっそりと自分だけの生活をしていた弱い人間を抹殺するなんて！ひどすぎます……」

森本さんの涙ながらの訴えに深く頷きながら、もらい泣きをしている女性も多数見かけた。すすり泣きや怒号で辺りは騒然とした雰囲気に包まれた。

佐知は人の群れの中に周の姿を眼で追って探したが、見当たらなかった。その代わり、周にフリースクールを紹介してくれた支援員の巻村友紀と松崎守の姿を見いだした。友紀が佐知に気づいて直ぐに近づいてきた。

「あら、鏑木さん！いらしてたんですか。周くんはさっきまでここにいたんですが、音楽をセットして、練習してもらうために、先に支援センターに行ってもらったんです。追悼集会で、周くんがモルダウの合唱曲を独唱で歌ってくれるというので……中学校で合唱曲を歌ったんですよね……水野さんは周くんの歌や音楽をいつも喜んで聴いていました。一緒に口ずさんでいる時も何度かありました……野辺の送りには、それが一番いいと思いまして……周くんのアイデアなんですよ」

「えっ！ほんとですか！そんなことを周が……」

佐知は眼を見張った。胸は大きくとどろいている。

「佐知さんもぜひ、追悼集会にいらっしゃいませんか？周くんが喜ぶと思うんです。周くんの声は素晴らしいですよ……」

「あ、ええ………」

煮え切らないような複雑な思いで、佐知は友紀を見つめた。

佐知は周が水野のためにモルダウを歌うところをぜひ、ひと目でも見たいと思いをめぐらせた。だが、やはり躊躇しているのは、朝の雄二の言葉が引っかかっているからだった。

周の独唱を佐知が聴いたのは中学二年の合唱コンクールの時だ。美浦先生の指示で『モルダウ』の合唱にメリハリをつけるためにオリジナルで部分的に周が歌ったのが初めてである。その澄み切った歌声は体育館いっぱいに響き、聴く人の心をもの悲しく揺さぶった。

周は高音も低音も淀みなく溢れ出るように歌い、その驚くべき歌唱力でみんなを驚かせたのである。雄二も喜んでビデオの録画係を買って出ていた。その頃の周はまだ両親が揃って見に来たことを無邪気に手放しで喜んでいた。

自分の部屋に閉じこもり、大音響で音楽をかけながら、自身も大声で……時には泣きながら、歌っていたのを、今までに佐知は何度も目撃した。壁に寄りかかりながら、俯いたまま膝を抱えて、じっと辛さに耐えていた周の姿は、佐知の心に突き刺さったままだ。

――母親のわたしが聴きに行って、周は慌てないだろうか？周の気持ちを乱さないだろうか？そっとしてやった方がいいのではないか！と言いたげな雄二の顔が先刻から、頭の中で渦巻いている。

友紀の傍にいた支援員の松崎が泣きはらした眼を拭うと、懸命に気持ちを切り替えて、立ち上がった。

「ではみなさん、これから生活自立支援センターで追悼集会をします。明日はご遺体を引き取りに来ますので、もう最後のお別れになるかと思います。また警察が容疑者の取り調べをしているようですが、何分にも相手は一八歳と一九歳の三人なので名前は伏せますが、この三人の少年には自分の罪を償って更生してほしいと祈るしかありません。……今日は沢山の方にお運びいただき、水野さんもきっと……きっと喜んでいると思います。お時間のある方は駅前の支援センターの追悼集会にもぜひご参加ください。お待ちしています……」

言い終わると脱力したように、その場に腰を下ろし、松崎は震える両手で顔をおおった。折角の友紀の誘いにすぐに応えられない思いが、ゆっくりと佐知の心に首をもたげてきていた。

三　G線上のアリア

一

あわただしく物が運び込まれ、時折人が右往左往している音や声が、センターの会場で周が耳を塞いでも聞こえてくる。フリースクールで音楽の授業を担当している森山貢が、友紀の依頼を受けて、マイクや音響装置を運び込み、機材をセットしながら、音の調子を調べている。ピーピーガーガーという音や、「あ、あ、あ、ただいまマイクのテスト中……」などという声が、がらんとした支援センターのホールにひっきりなしに響いていた。

「うーん……やっぱ、この機械……少し、がたがきているらしいっすよ。雑音がすごいですねえ……美浦先生、どうします？これって古い型ですよ。余りいじると故障しかねないですねえ……故障しても部品はもうないでしょうし」

周はホールの隅に譜面台を置いて、時々耳を押さえて騒音に耐えながら、楽譜に見入って身体を揺らしていた。ひとりで歌の練習をしていたのである。

森山は騒音を気にせず、始終口ずさんでいる周を感心して見やると、気落ちした様子で美浦に機械の不調を訴えた。フリースクールの音響装置はもともと寄付で揃えた中古品だ。やはり無理かと森山は思ったのだ。

「でも、森山先生、モルダウは合唱曲をＣＤで流すわけだし、バッハの『Ｇ線上のアリア』だけ、何とか聞こえればいいのよ。バックミュージックだし、雰囲気なんだから……マイクはこれでは無理だから、支援センターのを貸してもらってください。昨年購入したばかりだと友紀さんも言っていたからその方が、もう少し聞こえは良くなると思いますから」

美浦が周の独唱の部分をピアノで弾きながら、ゆったりと落ち着いた表情で顔をむけた。

「そうですね、事務局に行って借りてきます……まあ、水野さんという人は歌が好きだったというから、許してくれるでしょう。このバッハの曲は聴くだけで、とてもしんみりしてくるから……ほんと不思議だなあ」

森山は三〇代後半の美浦に比べたら、教師歴もずっと若い。まだ二〇代である。余り背は高くはないが少し小太りの身体つきで、人なつっこい笑顔が好印象を与えていた。それでも今日は黒のスーツを着ているので、上背がいつもより高く見えている。

「美浦先生、周くんとは、もう、音合わせしたんですか？」

「ええ、さっき……ね。やっぱり、周の声はいいわねえ！中学の頃よりずっと深みも出てきたし、声はその人の内面を映し出すのよね……ねえ、森山先生、フリースクールでも周くん、きれいな声で歌ってるでしょう？わたしには周くんが、かなり立ち直ってきたように見えるけど、どうなの？」

「ああ、火曜と金曜が音楽のある日で、僕の授業には毎回参加してますよ……ただ斉唱も合唱も多くの子は余り積極的ではないので、周くんもみんなに合わせている感じで目立たないですね……授業の後に居残りで歌わせると驚くほどきれいな旋律を歌うんですが」

「そうでしょう？張りがあって郷愁をそそるというか、胸に響く声よね……でも周りに合わせているというのはちょっと寂しいわね。今の子はロックだかジャズだか知らないけど、騒がしくないと音楽じゃないと思ってるみたいなところがあるから……周くんが心を解放して思いっきり歌う場があったらなあ、本当にいいのに……」

森山は美浦の意見に頷きながら、マイクをスタンドにはめると、ホールのドアの方に向かって歩いた。事務室は二階なので階段を下りるためだ。

不意に周は耳に入ってきた二人の話が気になり出して、二人の方に視線を移した。自分のどんなことが話題になっているのかと不安になったのだ。

――美浦先生のことだからぼくの悪口とは思わないが……。

どうせ、少しぐらい歌がうまくても何にもならないことは身に染みて感じている。むしろ、今までだって変に目立つことでいじめのターゲットにされたぐらいである。いじめることで優位な立場に立ったはずが、とんでもないところで自分にはできそうもない才能をちらつかせられると、彼らは即座に叩き潰さずにはいられないのだ。

だから周は、フリースクールでも極端に目立つことから徹底して逃げてきた。授業で森山にひとりで歌うように指名されても、わざと気の抜けた声で歌って、失笑をかったりしていた。本当の自分が露呈することをひどく怖れたのである。

「あら、なかなかいい感じね……」

美浦が弾いていたモルダウの曲に満足したように微笑みながら、友紀がホールを見回して中に入ってきた。

水野の小屋から到着した人たちが三々五々、ホールに集まり始めている。白木の棺がすすり泣きが聞こえる中を静かに運ばれてくる。

町内会の人たちが、百合や菊、小手毬にチューリップなどの白い花がメインの花束を抱えて入ってきた。松崎が水野の小屋に飾ってあった似顔絵の遺影を抱えて登場した。

「松崎さん、お疲れ様……小屋の方はきれいに片付いたかしら、大丈夫でした？」

「ああ、お供え物は全部ここに運びました。でも、なるべく物は動かさないようにと警察が言ってきているので、ほとんどそのままです……警察の現場検証も終えた二週間後には、小屋を取り壊す予定だそうです」

「そう……壊す？……寂しくなるわね……」

――水野さんにとってはホームであったはずのあの小屋も、跡形もなく消えてしまうのだろう……。

友紀は今までにも何度か野宿者を看取ってきた。身体を壊して動けなくなって、息を引き取った人や寒い戸外でうっかり眠りこんでしまい凍死した人もいた。目の前でいきなり心臓麻痺で倒れた人も。彼らは息を引き取るその瞬間まで、多くの人は誰にも見守られず、コップの水が絨毯の上にこぼれて染み渡るように静かに亡くなっていった。しばらく経つとそこにはもう何も残っていない。そこに日々の生活を営み、確実に息づいていた人がいたという証など、何事もなかったかのように跡形もなく消えていく……それが、運命だの宿命だのという人もいるが、友紀はせめて自分だけでも忘れずにいよう、同じ人間として生きて涙した仲間のあるがままの姿を記憶に刻んでおこうと思った。

そのことを一番深く感じているのは……あるいは周かもしれないと友紀は思っている。

松崎が黒のスーツに着替えて、マイクの前に立ち、開会の言葉を述べた。

白木の棺の周囲には沢山の花束と酒、ビール、お茶の缶、お菓子、つまみの類が置かれた。『G線上のアリア』が静かに会場に流れている。ひたひたと会場を埋め尽くし温かく包み込むような調べが参加者の涙を誘った。約四〇人ほどの人たちが一様に悲しみに俯いている。すすり泣く声は止まず、重苦しい雰囲気が流れた。町内会の人、野宿者、支援員の人、金パトなどで顔見知りの近くの大学生や高校生、中学生たちが詰めかけている。

やがて白木の棺に向けて、一人ひとり焼香をして、とうとう最後の時を迎えた。

『G線上のアリア』から『モルダウ合唱曲』へと曲は引き継がれていく。

周が黒ずくめの服でマイクの前に立ち、美浦が黒のドレスで、ピアノの前に座った。

その瞬間、周の眼の前に体育館で歌ったときの光景が映し出された。周は大きく深呼吸をする……生徒と保護者の顔が一斉に自分に向けられていたなかで、心配そうに眼を大きく見張った母親の佐知の顔と、ビデオを抱え、待ち構えている父親の雄二の姿がくっきりと浮かびあがっている。

——あの時と同じだ！

体育館いっぱいに詰めかけた保護者の前で、周は緊張で震えながらも思いっきり声を出して歌った。マイクが無くても周の声は体育館の端々に届いて、爽やかな風のように響き渡った……。張り詰めた空気のなかで、精一杯の努力をまさに求められていた……あの時と！……。

美浦のピアノが聞こえてきた。

周は参加者が固唾をのんで見守るなか、思いっきり息を吸い込んで歌い始めた。

二

追悼集会は参加者の盛大な拍手で終わりを告げた。

歌い終わった周が崩れ折れるように椅子に座ったのをしおに、佐知はホールの廊下から階段を下りて外へ飛び出した。参加するかどうか悩み抜いたが、やはり周の歌っている姿を見たいという思いを抑えられずに気がついたら、ホールの前に立っていた。そっと中に入り、一番後ろの席で周の様子をうかがっていたが、力尽きた周を見るに忍びなかったのだ。腹立たしさと寂しさが佐知の頭のなかで、めまぐるしく渦巻いている。自分でも思いがけないほど気持ちが動転していた。

取りあえず真っ先に駅に向かって歩き始めようと思った。

すると、支援センターから少し離れた向かい側に、こじんまりとしたレトロな雰囲気のカフェを見出した。それでも、まだ新しくできたばかりのようで、佐知にとっては初めて見る店だった。古めかしいドアの外には、可愛らしい薄紫のパンジーと水仙の寄せ植えが飾られている。その花を見たとき、胸のなかの締めつけられるような重苦しさが、ふっとほぐれるような温かさを感じた。

――こんな、もやもやしている気持ちを引きずりながら、家に帰り着きたくない！

佐知は咄嗟に思って、吸い込まれるようにカフェのドアを押した。

「いらっしゃいませ！」

奥のカウンターで本を読んでいた男の店員が大声を上げた。客は誰もいない。がらんとした静けさが辺りに漂っていたが、佐知にはそれが、かえって心地よかった。窓際の外が見渡せるコーナーにすぐに腰を下ろして、外を眺めた。相変わらず道路は車がひっきりなしに通っていく。奥に福祉支援センターのビルのドアが小さく見えている。

「あの、何にします？」

花模様のエプロンを着けた若い女店員が、入って来るなり黙り込んで外を眺めている客を訝しげに眺めながら、メニュー表をテーブルの上に広げた。水と氷の入ったコップを佐知の前に置いて立っている。

「あ、ごめんなさい……ぼんやりしてしまって……カフェオーレでいいわ」

佐知はカフェオーレを飲みながら、相変わらず窓の外の一点を眺めている。支援センターのビルからは、ひっきりなしに多くの人たちが出入りしている。追悼集会から帰る人たちもいるに違いない……。

――ああ、ここにもし、周が来たら……どんなにか嬉しいだろう……。

佐知は体育館で周が歌ったときの感動を思い起こしている。静かなモルダウの河の流れを歌ったその歌声は聴く人たちの心を揺さぶり、よこしまなもの、邪悪なものを浄化していくような清らかさを内包していた。

――あの頃は……。

雄二も周も当たり前の父子であり、佳純も「周お兄ちゃん！」と四六時中、なついて離れなかったこともあったのに……いつから歯車が狂ったのか……。もう戻れないのだろうか……わたしも……雄二も……佳純も……そして周も……。

すると、そのとき入り口のドアが突然、音を立てて開いた。

「あら！どうして？」

「おや、これは！」

作業服のままの雄二が立っていた。

「佐知がいるとは思わなかったが、ああ……でも君も追悼集会に来ていたんだね……」

「……」

「いや、支援センターの松崎さんから連絡があってね。周が『モルダウ合唱曲』を歌うから良かったら、来ませんかという話だったんだよ。行かないつもりだったんだが、近くに来る都合があったんで……寄ってみたというわけさ」

佐知の向かい側に、腰を下ろした雄二の言っている言葉が言い訳めいていた。今しがたまで極度に緊張していた雄二の狼狽した仕草が佐知には痛いほどわかった。

「ねえ、周、よかったわね……モルダウ」

「ああ……」

雄二は遠くを見る眼をして、佐知から視線を外した。

「あなたも何か注文したら?」

カウンターの奥で二人の様子を見守っていた若い女店員が、あわてて氷の入った水をコップに入れて運んできた。

「じゃ、ブレンドで……」

珈琲の挽く音とサイホンの湯が沸く音が、静まりかえった店のなかでしばらく響いた。そう長い時間ではなかったが、佐知には切迫した時間のように落ち着かなかった。

二人は無言で微笑みあった。互いの感情を推し量ろうとする不安がうっすらと消えていく。挽き立ての香りとともに、運ばれてきたブレンドを美味しそうに飲み干すと雄二は切り出した。

「ああ、佐知はどう思うかしれないが、俺はこんど周と一緒に水野さんに線香をあげにいこうと思う……ホームレスの人たちは無縁仏として一カ所に入れられるらしい。誰もお骨を引き取りには来ないし……松崎さんも連絡のしようがないんだそうだ……墓を建てるわけにはいかないが……」

佐知は耳を疑った。思ってもいなかった言葉が目の前を浮遊する。

「もちろん、周の気持ちを聞いてみたいが、一度周を助けてもらったのに、俺は今まで何もしてこなかった……今日周のモルダウを聴いているうちにたまらなくなったんだ」

一緒に暮らしていても、いつの間にか、すきま風に煽られるように捻れた関係が、あるとき唐突に元に戻る瞬間が訪れることがある。今がその瞬間だと佐知は思った。

「そうね、周を支えてくれたのはモルダウと水野さんの善意だったのかもしれない……」

「…………」

「でも周は……わかってくれるかしら……わたしたちがそう思っていることを……」

「まだ……たっぷり時間はあるさ……これからの一生をかけて……ずっと、ゆっくり周に伝えて行こう……」

長い眠りから覚めた人のように、雄二は力強く立ち上がった。

Ⅳ　菜種梅雨

一　フリースクール「響き学園」

一

冷たいみぞれ交じりの雨が降り続け、二月に入るとぐっと冷え込んで来た。

庭に植えてある寒水仙が、たわわについた花の重みに耐えきれず、凍った霜に押されて折れ伏している。ところどころで霜柱が、庭の植え込みの隙間からも立ち上がっている。

暦の上ではもう立春だと告げていたが、今年一番の寒気が中国大陸からやってくるという天気予報もつい今しがた報道された。湘南地方の比較的暖かい気候の浜崎市も、最近では雪国とそう変わらない寒さが押し寄せている。身も心も凍るような、冷え込みの厳しい朝が最近はひっきりなしにやって来ていたからだ。

底冷えのする今朝のどんよりとした暗い空からは、もう今にも雨か雪が落ちてきそうであった。

巻村友紀はキッチンで油揚げと大根を千切りにして、味噌汁の鍋に放りこんだ。これは娘の明日香が好きな味噌汁の具である。炊飯器には五穀ご飯が炊きあがっている。あじの干物を焼いて薬味のネギを刻み、納豆をかき回した。それに小松菜を茹でてしらすと和えれば、ほぼ今日の朝食の準備は整うのだ。夫の圭治の好みで、和食中心の献立である。明日香の好きな石巻からの焼き海苔も添えてある。

――あと少しで……。

時計とにらめっこで、無心に料理を進めていた手を友紀はふっと止めた。

友紀は浜崎駅前の「生活自立支援センター」の職員を一〇年以上勤めている。野宿者の生活支援のために定期的なパトロールや生活相談などをしていた。また地域の子どもの不登校やいじめ、引きこもりの相談、支援活動も行っている。昨晩の金パト（金曜パトロール）で同僚の松崎守と共に高橋銀吉の小屋を訪れたとき、いつも元気な野宿者の佐藤一平のきびきびした姿が見えなかったことがずっと気になっている。

「友紀さん、松崎さん、すまないね。心配かけて……でも、そのうちに帰ってくると思うから、大丈夫だよ。もしかしたら、急に仕事にありついて、連絡できないままにいるんじゃないかな。俺たち携帯もないし、また夜中に空き缶集めや段ボール集めをしている者もいるからね。昼間は俺たちがうろうろするのを嫌がる店もあるから、暗いうちに仕事をしてしまおうとみんな躍起になるんだよ……こういうことはままあるから……ただ、疲れて何処かで寝込んでなきゃいいけど、今晩は冷えそうだから……」

佐藤一平、山田恵介、三笠良吉の三人と共同生活をしている高橋があっけらかんと言った。高橋は浜崎駅からかなり離れた所にある大泉公園で、小屋を造って住んでいる。

「じゃ、何かあったらすぐに支援センターに連絡してください。わたしたちもこの辺をもう一度探してみます」

友紀は抱えていた大型のトートバッグから、テレホンカードと使い捨てのカイロ、四人分のゆで卵、あんパンを高橋に渡しながら言った。ここの大泉公園は大きい公園なので、公衆電話や公衆トイレ、ジュースやお茶の自動販売機などもあり、毎日訪れる人も少なくはなかったが、駅からはかなり離れたところにあるため、夕方は人通りが少なくなる寂しい場所である。木々の下にはベンチも多数設置されていて、暖かい午後は野宿者がベンチで眠りこけている場合が少なくなかった。この公園に住んでいる野宿者は、高橋たち以外にも三〇人以上はいるようだ。バラックのような段ボールハウスやテントが公園内に点在している。

——こんなに……骨の髄まで凍えるような朝なのだ。どこかで身体の具合が悪くなって倒れていないといいが……。

友紀は毛布も携帯コンロも備えてある高橋の小屋に一平が早く戻ってくれればいいと気が気ではなかった。この頃の冷え込みで野宿者もかなり打撃を受けているし、どうしても身体が弱っている場合がある。しかも彼らは何と言っても、圧倒的に中高年が多い。普通野宿者は夜は眠らず、仕事をしたり、小屋で仲間と話をして過ごしている。真冬に冷え切って凍死してしまわないためだ。

そろそろ、圭治と娘の明日香を起こす時刻になっている。友紀は二階に上がり、まず明日香の部屋のドアを開け、元気よく声をかけた。

「明日香、起きてる?ご飯できたから起きてきて……」

「……うーん……」

明日香は昨年の春から学童保育の指導員のバイトをしている。小学校の頃から音楽が好きで、中学、高校では吹奏楽部に入り、フルートを吹いていたが、高校一年の夏の合宿で先輩部員からの集団いじめに遭い、不登校になった。そして吹奏楽部をやめ、音楽大学を目指すという夢もあきらめ、フリースクールの「響き学園」に通いだした。ようやくその生活にも慣れて元気を取り戻していた。

「圭治さん、もう七時よう！下りてきて……」

「はあい！ありがとう……」

向かいの部屋にノックすると、眠そうだが朗らかな声が返ってきた。圭治はＮＰＯの活動もしながら、地震や災害の度にボランティアを組んで計画をたてる地域支援センターの責任者をしている。いかつい身体つきと日に焼けた精悍な顔はまるで農業や漁業を営む人のようである。圭治は友紀より二歳年下だが、瞳の大きい、落ち着いた風貌は二人並ぶと友紀よりずっと年上に見られる。瓜実顔でえくぼが見える愛らしい友紀の面差しは、友紀を若々しく活動的に見せていた。時には友紀を指して真顔で妹さんですか？と聞いてくる人もいる。そういうとき圭治は曖昧に微笑むと少し頬を赤らめるのである。

友紀はすぐに階下に降りて、テーブルの上に三人分の朝食を並べ始める。圭治の田舎の高知から送ってもらった新米がいい匂いを立てている。寒々としていたキッチンが急に温かい料理の彩りで見違えるように華やかになった。

「ああ、おはよう！いい匂いがしているね……やっぱり、新米は違うねえ……味噌汁もいい香りだ！」

圭治が機嫌良く階段を下りながら言った。

「圭治さん、明日香は？」

「寒いから布団から出られないかな？　先に食べていよう……そのうち下りてくるさ」

友紀は湯気の立ちのぼっている味噌汁をよそい、ご飯を手早く茶碗に盛った。

「昨日、パトロールのとき、高橋さんの小屋の同居人がひとりいなかったのよ。心配だわ……」

すぐに椅子に座り、味噌汁を一口飲んだ圭治に、友紀は不安そうな顔を向ける。

「ホームレスの小屋の？　大丈夫じゃない？　きっと空き缶集めだよ。野宿者は大抵、夜歩き回っているからね。健康な証拠じゃない？」

「そうだといいけど……でも、夜は冷え込むから、寝込んでなきゃいいんだけどね……中学生たちの攻撃も相変わらずちょこちょこあるし……」

「だいぶ、ひと頃よりは少なくなったんじゃない？……痛ましい襲撃事件も……」

「それでも先月、水野さんの事件もあったしね……」

「そうだったね。中学生三人に撲殺された事件か……あれにはとても驚いたが、関わった子どもたちも何かしら、我慢できないものを抱えていたんだろうね。あの三人はもう裁判が始まるらしくて、準備を進めているらしいよ。水野さんという人は温厚でいい人だったらしいが、まったく……災難だったよなあ！今もあの水野さんの小屋の前には、花束や供え物が届けられるらしいよ。小屋の取り壊しは三月にするらしいが……商店街の人たちも来て、今も手を合わせている人もいるらしい」

「まあ、そうなの！……子どもたちにも親しまれていたしね、ほんとうにまだ生きていてほしかった。水野さんには特に鏑木周くんはよく相談相手になってもらっていたようだし……」

「ああ、水野さんの追悼集会で綺麗な声で『モルダウ』を歌った子？」

「そうそう、あの子よ。たしか、明日香と同じフリースクールに通っているはず……明日香よりひとつ下だったと思うわ」

　圭治は朝食では、あじの開きが大好物である。骨を器用に取って皿にのせると、肉をつまんで美味しそうに食べ始める。味噌汁を啜りながら、向かいに明日香の姿が見えないのを気遣って友紀に言った。

「明日香、今日はフリースクールあるんだろう？それともバイト？」

「もちろんフリースクールよ。音楽の授業があるしね。昨日からそのつもりよ……結構遅くまで練習していたらしいわ……ピアノの音が聞こえていたもの」

友紀はそう言いながらもやはり不安になり、階段の方に視線を移した。すると二階の部屋から、鮮やかな黄色の花柄のパジャマのまま身体を伸ばして欠伸をしつつ、階段を下りてくる長身の明日香の姿が見えた。肩まで伸ばした髪がくしゃくしゃになり、半分顔に被さっている。どちらかと言えば瓜実顔で眼は大きく、健康そうな肌の色は若い女性特有の艶があって美しかった。

「おはよう、明日香、あと二〇分よ。急いで！」

すかさず友紀が声をかけ、熱々の味噌汁とごはんを運んで、明日香の席に並べた。

「ああ……さっきメールでさあ、今日は音楽の授業が、いつもの森山先生じゃないんだって……礒田先生だってさ！超、さいあく！……森山先生出張だって！ああ、つまんないなあ……代わりの先生は超つまんない！」

苛々した様子で洗面台に向かう明日香を、圭治が聞きとがめて言った。

「明日香、先生で判断しちゃいけないんだぞ」

「まあね……」

髪の毛をとかしてひとつに結びながら、明日香はつぶやいた。

「たしか明日香んとこ、明日イベントやるらしいな」

圭治の前に疲れた顔で座ると、明日香はまた不機嫌に繰り返した。

「そうなのよ。小中学生が午後、見学に来るんだって！うざいし……ほんとうは歌声喫茶をしようってみんなで盛り上がってたのに、飲み食いはだめだって！超つまんない……」

学校紹介も兼ねて、今の時期に毎年「春を呼ぶオープンスクール」をすることになっているのである。簡単に言えば来年度に向けての生徒募集のための春のイベントでもある。

明日香は心配そうな友紀の顔を一瞥して椅子に座ると、すぐに勢いづいて食べ始めた。

「ああ……今朝の味噌汁、超うまっ！わたしの好きな大根と油揚げ、美味しいっ！」

大きな瞳をくるくる動かして明日香は屈託なく笑った。

「俺は、根深汁の方が好きだがな」

圭治は眼を細めて、明日香を見つめる。

「長ネギのぶつ切り味噌汁でしょ？明日香嫌い！ネギ苦手だもん」

明日香はここぞとばかりおどけて、舌を出して見せた。巻村家にとって、三人が朝揃って食事をするのはそう珍しいことではなかったが、こんな風にゆったりと笑い合えるのは久しぶりである。しかも圭治は石巻にボランティアで復興支援の仕事を一週間ぐらいやり、しばらく家を留守にしていた。ようやく戻ったのは昨日だったからである。

「そういえば、明日香は小さい頃からネギや生姜、おまけにわさびまで、嫌いだったな」

「そう、刺激がないのがいいのかも……」

「わたしも寿司を頼むときに必ずさび抜きといわないといけなくてね、よく忘れたわ……まあ、キムチやカレーまで嫌いじゃないからいいけれど」

友紀がほっとした顔で座って食べ始める。納豆をかき回して粘り気を出している。こうすると消化もよくなるし、納豆のねばねばが疲れて弱った血管を保護してくれるらしい。しかも友紀は薬味の刻みネギをたっぷり入れて食べるのが好きである。

「ああ、この海苔美味しい！」

明日香は納豆とご飯を巻いて、手巻き寿司のようにして食べている。

「でしょ。お父さんの石巻のお土産よ」

「ふうん、コンビニやスーパーのとは違うね。厚みがあるし」

圭治が疲れた顔で友紀の方に視線を移した。

「石巻もやっとこういう海産物を全国に出荷できるようになったんだぜ。長いこと、風評被害もあったしな……気の毒にまだ何も復興はすすんでいない。仮設住宅暮らしの人が沢山ひしめいている」

「原発事故さえなければねえ……お父さん」

痛ましい思いで友紀も相づちを打つ。

「今の政府の対応は、国民の意志をまったく無視している。放射線量がまだ高いし、危険なのに、どんどん解除してしまうし、しかも復興はまったくそのまま置き去りだし……被災地の人々の努力でやっと進んできたというのに……」

「ほんとうねえ……」

「友紀、弱い者を切り捨てるという政策を何とかしなければな」

友紀がため息をついて、味噌汁を飲み終えた。

すると、そのとき友紀の携帯が振動した。高橋銀吉からの発信だった。

「佐藤一平だけど、朝方に帰ってきました。空き缶集めが手間取って四時までかかったんだそうです。ご心配をおかけしました。元気でしたよ」

「そう……それはよかったわ！」

友紀は胸をなで下ろして言った。昨晩からの心配事がひとつ消えたのだ。無性に嬉しかった。圭治は携帯で明るく応対している友紀を見て、事情が飲み込めたのであろう、微笑みながら友紀を見つめた。圭治はあっという間に食べ終えて、自分の食器を重ねた。すぐに立ち上がって、流しのシンクに置きに行く。

戻ってくるときに明日香に向かって優しく言った。

「まだまだ子どもってことだよ、明日香は……大人の味覚がわからないんだよ」

「明日香は、子どもじゃないっすよーだ！もう、こんどの五月で一八歳ですよーだ！」

「あら、そうねえ……そろそろ進路を決めないと。ねえ、お父さん……」

友紀が箸を置いて圭治の方を見た。

「そうだな……どうしようかな」

「わたしだって、考えているっすよ。まじで！まかせて、お父上！」

「おやおや、ほんとかなあ？ほんとうだと頼もしいが」

圭治はいつの間にか機嫌の直った娘の笑顔に、眼を細めて笑った。

友紀は一緒に暮らす家族が、こうしたごく当たり前の会話で、互いの親密度を自然に増していけるようになったことが心から嬉しいと思えた。

二

「あれ？巻村明日香さん、今日、まだ見かけないけど？ねえ、知ってる人いる？」

フリースクールの音楽教師、礒田真知子が音楽室に入ってくるなり、生徒たちの顔を眺めて、不意に大声を出した。ピアノが堪能な明日香はいつも最前列にいて、教師の代わりに伴奏をする役を引き受けていたのである。大抵の楽器は明日香は自在に扱うことができる。楽譜を一度見ただけで至極簡単にこなすことのできる技量があった。その明日香の姿が見えないことに礒田はいち早く気づいたのであった。

それまでざわざわしていた音楽室が、水を打ったように静まった。普段は森山貢が指導する高校三年の女生徒、三〇人ほどの学級だが、やむを得ない出張があり、礒田が代わりに今日は指導に入ったのである。「春を呼ぶオープンスクール」のためにオープニングの合唱の練習の仕上げをしようとしていた。礒田は四〇代のベテラン音楽教師で、生徒の間ではゆったりと授業を進めることで定評があった。

張り詰めた緊張感のなかで、周囲の様子をうかがっていた添田美沙がやおら立ち上がって言った。

「礒田先生、たぶんお手洗いかなんかだと思います。さっきまでそこに座っていたみたいですから……」

「添田さん、曖昧な言い方だけど、座っている姿を見たの？」

「さあ、明日香って……どうだったかなあ！来てたみたいな気もするし……」

美沙は両隣の女子生徒に、同意を促すような軽い口振りで言った。

「そうだと思いますけど？……」

右隣に座っていた岬百合子が首を縮め、恐る恐る礒田を見上げて言った。痩せて神経質そうな身体がさらに小さく見える。

「今日、何の授業かわかっていて？」

礒田は抱えていた紙ばさみに視線を移し、美沙の方をそれとなく見た。

「明日のオープニングの合唱の仕上げです」

美沙は少しふてくされて俯いたまま黙っている。代わりに左隣の女生徒、藤崎恵子が伏し目がちに答えた。

とにかくこの森山学級には曰くありげな生徒がかなりの比重で集まっている。不登校や引きこもり、やる気をなくして行き場のない者らがひしめいている。もともと浜崎市内では指折りのフリースクール「響き学園」はそうした生徒を積極的に受け入れていこうと設立された学園である。自由な雰囲気と生徒自身の意欲と要求に寄り添って応えていこうという方針があって、さほど厳しい管理はしかれていない。扱いの難しい生徒らも大勢入学しているが、登校も生徒の意志に任されている。公立や私立の普通高校から脱落して退学した生徒も、様々な家庭の事情で途中編入した生徒もいて、ほぼ半数以上を占めていた。

「困ったわね……巻村さん、伴奏なのに……ねえ、本当にみんな、何があったか知らないの? 授業が進まないわ」

「……………」

百合子が、先刻から美沙を横目で眺めている。まるで何か美沙に合図をしようとしているかのように、視線が流れ、落ち着きを失っている。

「岬さん、何か言いたそうだけど? 何ですか?」

「あの……さっき……えーと、巻村さんが泣きながら音楽室を飛び出していったのを見ました……」

教室の中に衝撃が走り、女生徒たちは互いに不安げに顔を見合わせてざわめいた。

美沙は顔を歪めて視線を百合子に投げると、急に挑戦的な態度で立ち上がった。

「礒田先生！さっき言わなかったんですけど、明日香さんは森山先生が出張だということをひどく怒っていました。それで近くの席の人と口論になって、さっき出ていったんです」

「まあ、添田さん、ほんとうですか？…………それは？」

「…………」

「みなさんはどうなの？」

口をつぐんだまま美沙は座って押し黙った。

礒田が疑わしそうな顔を全体に向けると、女生徒たちはみな美沙の言葉に深く頷いた。

礒田はさもありなんという顔で頷くと、再び口を開いた。

「まあ、あなた方と口論している時間はないわね。もうあと三〇分しかないし……その事実の是非はさておき、後で森山先生にきちんと話して指導してもらいましょう。巻村さんも、みなさんもです。今は取りあえずわたしが伴奏しますから、早速合唱の練習に取りかかりましょう。さあ、楽譜を出して！」

礒田がふっきれたようにピアノの伴奏を始めると、女生徒たちは机の上の楽譜を広げて、おのおの発声練習を始めた。

その頃、明日香は恐らく誰にも気づかれないであろう場所で、膝を抱え俯いたまま泣き疲れてうずくまっていた。明日香の混乱した頭のなかで、音楽室での唐突な出来事が消えず、先ほどから堂々巡りをしてしまっている。

——なぜ?こんな展開に……。

朝のメールで森山が、出張だと知らせてきた時に嫌な予感がしたが、まさか自分がこんなことになろうとは夢にも思っていなかったのだ。思わず飛び出してしまったせいで、本当にメチャクチャな一日になってしまった……と明日香は悔やんでも悔やみきれない思いでいる。あのまま素知らぬ顔をして、授業を済ませてもよかったのかもしれない。どうせ美沙も百合子も、ただわたしをからかっただけなのだという気もしている。

スマホの時間表示を見ると、後一〇分で一二時である。音楽の授業はとっくに終わっている時刻だ。学習用具や財布、定期入れが入ったバッグは音楽室の机の中にしまったままだ。もう職員室に届けられているだろうか。

明日香は屋上へ続く階段の三階の踊り場にいた。辺りは天井の小窓から差し込んで来る薄い陽の光が、帯状に床を照らしているだけで、まったく音の消えた空間である。下の階の階段の入り口に立ち入り禁止の札がさげられていて、明日香の腰の位置に鎖が渡されていた。それを跳び越えて、ここまでたどり着いたのだ。

——それにしても……美沙も百合子もあんな人だとは……今の今まで思ってもみなかった！

明日香にしてみれば美沙も百合子も単なる同級生で、格別親しくもなく、かといって言い争いなどしたこともない。何の関心も注いでいなかった。自分に不快を感じさせる行動に出るなどということは考えたこともなかったのだ。わたしが迂闊だったのかもしれないが……。

もともと明日香たちの音楽の授業は選択科目なので、男子は誰もいない。音楽に興味のない女生徒たちにとっては、怠慢と暇つぶしの巣になっているのだった。明日香のように音楽を愛し、それなりの格調を求めて授業を受けようとする女生徒の方がかなりの少数派だった。だから若い音楽教師の森山は明日香たちの要望に応えながら、時々美沙たちともゆったりと楽しめるような流れを盛り込んでうまく授業をしていた。彼女たちは森山を独占したくて、特に森山からの頼まれごとの多い明日香を目障りだと感じていたとしても不思議はない。それが今朝の発端だった。

「ねえ、みなさん、ちょっとこれ、聞いてみない？面白いことが聞けるから」

小型のラジカセを提げて始業前の音楽室に機嫌良く美沙が入ってきた。明日香は明日のオープニングの合唱曲をピアノで弾いて熱心に練習している。美沙の周りに物見高い女生徒たちがぞろぞろと集まり始める。

「ああ、明日香さん、悪いけど五分だけ、ピアノ止めてくれる？今日さあ、森山先生はいないんでしょ？後一〇分で代わりの先生が来ちゃうから、お願い！」

意味ありげな眼差しを明日香に投げると、教卓の上にラジカセを置き、嬉しそうに再生ボタンを押した。明日香も手を休めて何気なく耳を傾ける。

雑音が多くて聴き取りにくい音声が続く。

「あたし知ってるう！やっぱ、それしかないでしょ……」

素っ頓狂な、意味ありげな言い方だった。誰なのかははっきりしない。

「なあに？なあに？」

数人のはやし立てるような声。

「いつも森山先生によいしょされてる人よ！わかるでしょ？そう言えば……」

美沙と仲良しの恵子らしき人が大声で言い放つ。

「まとあのつくひと！」

一斉のくっくっくっという笑い声！

「自分がピアノ堪能だと思ってるのかしらね?あんな下手で!悪いけど」

「なんか、この頃、森山先生も、違う人に頼もうかって言っているらしいわよ！」

「なに?なに?ホントなの?」

「森山先生がね、秘密だけどって、特別に教えてくれたの！」

「うわーっ！ほんとう?まじ?」

「それ、すっごいじゃない！」

「それにね、森山先生とこの人……なんだって」

「えっ!うっそう！　まじで?」

「それって、危ない話じゃない」

「ねえ！まずいわよ！それ」

凄まじい笑い声！雑音でうるさくなって終わる。

美沙が薄笑いを浮かべながら、ラジカセをしまい、ピアノの方へ向き直ったとき、明日香は反射的に立ち上がると、突然音楽室を飛び出した。

――ひどい！何なの、これは……！

――もう誰にも……誰にも会いたくない！

誰にも会いたくないし、話も聞きたくない！と明日香は心の中で叫んだ。

明日香の背後で「巻村さーん！」「明日香さーん、どこ行くの？」という声が飛んだ。級友がうろたえた姿を半分面白がっているその余韻が、明日香を執拗に追いかけ容赦なく迫り、全身を鋭く突き刺さした。

やがて女生徒たちの歓声がどんどん明日香の背中から遠ざかって消えていく。それでも明日香は、からみつくような声を懸命に振り切るように走りつづけた。人気のない方へ、方へと学園内を何度か転びそうになりながらも、自分が純粋にひとりになれる安心できる場所を探し求めた。

――ああ、たまらなく胸が苦しく、頭が痛い！

喉元を突き上げてくる過去の忌まわしい記憶がわらわらと騒ぎ始めている。引き裂かれた閃光の鋭さに嘔吐しそうなほど動揺してしまっている。明日香の足元には、いつしか溢れ出る涙がしたたり落ちていった。

二　試練の時

一

　どのくらい時間がたったのだろう……。

　三階の階段の踊り場にじっとうずくまっていた明日香は、もう一度スマホの時間表示を眺めた。とうとう一時近くになっている。そろそろ職員室に行き、自分の荷物を受け取って、授業をボイコットしたことを詫びて帰ろうと明日香は考え始めている。もう下校の時間は過ぎている。わたしのいないことに気づいたら、問題になっているかもしれないのだ。実行委員や係の仕事がある生徒はイベントの舞台づくりに余念がないであろう。学園内は沢山の業者が入り乱れてごった返しているに違いない。

――森山先生は驚くだろうな……。

　自分に責任はないにしろ、明日のイベントの合唱は成功させなければならないし、礒田には呼び出され、事細かに問い詰められるに違いないのである。だが、あのカセットテープのことは自分の口からは言いたくないと思った。森山が自分のことを陰であんな風に言っているとは信じ難いが、森山はどう思うだろう……しかも、あんな根も葉もないでたらめを言うなんて！女生徒によくありがちなやっかみには違いないと思うが、どうしたらいいのか……明日香には皆目わからなかった。

単に授業をボイコットしてしまった非礼を謝るだけの方が誰も傷つかずに済む……と明日香にはやはり思える……。このことを徹底して糾明しても、美沙たちは一斉にシラを切り、口をつぐむだろう。まして自分が報復を考えようなどとは思いもよらない。明日香にとっては誰にもふれられたくないし、二度と思い出したくないことだったからだ。

かつての吹奏楽部の合宿の忌まわしい記憶が、明日香にはどうしても重なって思い出されてくるのだった。

明日香はもう、硬く封印したつもりだった。父や母にもそのことで随分苦しい思いをさせてしまったし、結局わたしは両親にも「強くなれ！」と責められることになったことは今も忘れてはいない。家族がみんなぎくしゃくして、毎日がつらく、学校へ行けない日が続いたのだ。

——あのことは消し去ってしまうのだ……どんなことがあっても！もう充分罰は受けたのだから……。自分も他の人も、誰も傷つきたくない！

完全に納得のいく収め方ではなかったが、そうしようと自分で決着をつけようとしたそのとき、下の階段の壁に人の影が動いた！音も立てずに、まるで足を引きずるような人の気配が感じられる！

——誰かがこの階段を登ってくる！

明日香は全身が総毛立って思わず息を潜める。

——とうとう誰かが……誰かが執拗に追い詰めて、わたしを見出したのか……それとも礒田か森山が手を回して探しにきたというのか？

しだいにひたひたと、やや遠慮がちな靴音が近づいてくる。緩慢なその小さな音に、明日香は頭から冷たい水を浴びせられたかのように震え、怯えた。

ますます身体を小さくし、頑なに縮こまって、眼を閉じるしかなかった。

二

そこは天井の小窓から、冬の頼りなげな薄い陽光が差し込んで、帯状の陰影を階段の床に寒々と映し出していた。

四階の屋上にまで続く階段と踊り場である。ひっそりとした階段を、音を立てないように気遣って鏑木周はゆっくりと登っていった。三階へと足を伸ばしかけたとき、「立ち入り禁止」の札が鉄の鎖で階段に頑丈に掛けられているのが眼についた。ここに来て、自分が改めて周囲から見放されたような気がして、淡い悲しみが襲ってきた。つと足を止め、周は力尽きたようにその場に崩れるように座りこんだ。膝を抱えて天井を仰ぐと、そこはまったく音の消えた空間である。今のような時刻に屋上に行こうとする生徒はやはり見当たらなかった。

しかも今頃は明日のイベントの会場づくりで居残っている生徒たちはとても忙しく、一階はきっと、実行委員の生徒や教職員、それに外部からの業者や支援者たちでごった返しているだろう。耳を澄ますと遠くの方でさざ波のように人々の甲高い呼び声や怒鳴り声が微かに聞き取れるようだった。

周は、先刻の音楽の授業で、明日のイベントのために歌う曲の選定で、一緒に歌うことになっていたメンバーたちと、ひどくもめたことが胸に引っかかっている。いまさらながら、自分が途方もなく無力だと感じて打ちのめされている。

周のクラスは高校二年だが、音楽の指導は森山貢が担当である。だが、今日は森山は急の出張で代わりに礒田真知子が来ていた。運が悪いことに高校三年のある女子生徒が前の時間の授業を開始するときに飛び出していなくなり、その対応でろくな練習しかできなかったと礒田はぼやきながら姿を現した。そのため、いつもよりたいそう不機嫌のまま音楽の授業も始まったのだ。

「あのさあ、当日は明日なのよ！練習の方はどうなってるの？」

礒田は少し声を荒げたが、なかなか練習の進まない周たちのグループは、なんと一番最後に残された。斎藤拓巳、遠藤颯太、周の三人がばらばらで、さんざん悩んだうえに、何曲か歌わされて、『世界に一つだけの花』を歌うことに決められてしまった。周の歌いたかった『モルダウ』も『ファイト』も即座に却下されてしまった。周のグループはもともと以前から親しいわけでもない寄せ集めの者たちが集まったグループである。

「周が歌いたい歌でいいよ！」

周と組んでいる拓巳も颯太も、今までろくに練習にも参加しなかった。グループリーダーを周に押し付けて、休んだり、授業をサボったりしていた。そのツケがこうした事態を招いたのだった。

「『モルダウ』はいまどきダサイし、『ファイト』ってなに？なんとかみゆきとかいう歌手の歌？女の歌なんてつまんねえよ」

かすれ声で声の出ない拓巳は今日になって強硬に反対を唱えてきた。加えて格別歌が好きでもない颯太も頷きながら口裏を合わせて言った。

「ジャニーズの歌にしようぜ？ほら、『宙船』や『世界に一つだけの花』とか、かっこいいやつ！」

「おう！いいねえ、それ……」

「それとも、アニメの歌はどう？『ワンピース』とか『ゲラゲラポー』とかさあ！ぜってえ、小学生に受けるぞ！」

「そうそう、それいいかも！」

拓巳と颯太が嬉しそうにテンションを上げていると、礒田が割り込んで来た。

「はあい！決定！『世界に一つだけの花』はジャニーズの先輩の歌だし、早速歌ってみよう！見学に来る小、中学生が一緒に楽しく歌えればいいのだから、はあい、声出して！」

二人は神妙な顔つきで歌い始める。礒田が周にも眼で合図してきた。一緒に歌おうというのだ。周も気が進まないまま、並んで歌い始めた。

——だれきった歌声でこんな歌を歌いたくない！

何でもいいからもう早く帰りたいという一心で、仕方なく歌う二人を横目で眺めながら、周の心は次第に悲鳴をあげてくる。

歌い終わって礒田が呆れて帰って良いと告げたとき、二人は捨て台詞を吐くと直ぐに逃げて行った。ひとり残された周は何も言えず、涙がこみ上げてきそうでとにかく誰にも会わずに帰りたいと思った。下校にいそしむ大半の生徒たちの賑やかな流れに逆らって、学園内をひとりで彷徨ううちに、この屋上に続く、普段は立ち入り禁止になっている階段を見出したのだった。

周は始め座りこんだものの、思いきってこの立ち入り禁止の札を越えて、階段をさらに登ってみようと思いたった。札についた鉄の鎖が飛び越えるときに周の膝に引っかかり、小さな音をたてた。その音は人気のない空間に突然こだまして、かなり大きな音に響いた。周は一瞬びくっとして、慌てて立ち竦んだ。

——危ない、危ない……誰かに見つかったら……また呼び出されてしまう……。

周は深呼吸すると周囲に気を配りながら、ゆっくり一段ずつ登っていく。

天井を見上げると小窓が吹き抜けになっているので、薄陽が差し込んでいる。打ちひしがれている周の頭上に光が帯状に降り注いでくる。遠くの微かな声が聞こえたように思うと、そのたびに足を止めて耳を澄ませた。

まだ外ではイベントの会場づくりは続いているのであろう。

周は一歩一歩、足を踏みしめてあがる度に、外界から切り離されていく自分を感じている。それはまるで忌まわしい現実から、新しい希望が差し込んでくる未来への架け橋のように心が冴えて、辺りに澄み渡るようだった。

三階の踊り場が視界に入ってきたとき、周は意外な光景を見た。

それは紺のジーパンに澄んだ黄色のタートルセーター、ベージュのジャケットを着た女生徒が深々と顔を伏せ、うずくまっている姿であった。肩まで伸ばした黒髪がつややかに光っていたが、微かに震えている。

——え？誰？こんな所で……？

近づいて行く足を、周が思わず止めたとき、女生徒が不意に顔をあげるのが見えた。

「えっ？……」

「君は？……」

「鏑木周くん？……どうして？」

巻村明日香だった。周は明日香が支援センターで見かける支援員の巻村友紀のひとり娘であることは以前より知っていた。周と同じフリースクールに通っていることも……。だが、面と向かって話をしたことはなかった。

「…………」

「周くん……なぜ、ここに？」

涙でぐしょぐしょになった顔をあげ、ぬれて輝きを増した瞳を見張った、この一つ年上の女生徒を、周はばつが悪いような、不思議な面持ちで眺め、驚きで声を失った。

三

「巻村明日香さんだったよね……どうしたの？」

「…………」

周は一瞬、戸惑ったが、すぐに明日香のうずくまっている隣に自分も腰を下ろした。

一年前、自分の部屋で、冷たい壁に寄りかかりながら膝を抱えていた悲しい姿を、周はいつの間にか思い起こしている。

——大丈夫？

思えば、その頃周は両親にさえも「大丈夫？」と優しい言葉をかけられたことなどなかった。周が落ち込めば落ち込むほど苛立って、叱って奮い立たせようとするばかりで、学校でつらいいじめにあっていたことも話す隙などなかった。家族がこぞって自分を責め、その反動で周はますます部屋にひきこもった。行き場のない苦しみに明け暮れていたあの頃……。

——この人は……？

この人はどうだろう……？と周は思った。

周は思いきって声をかけた。

「ねえ……大丈夫？」

「もうだめ！わたしいつもこうやって、うまくいかないの！」

いきなり顔を背けると明日香は堰を切ったように泣き出した。硬く握った拳がジーパンの膝の上でぶるぶると震えている。

「わかるよ！ぼくだって同じだから……」

「嘘よ！ただ同情しているだけでしょ？可哀想って思っているだけでしょ？」

「…………！」

明日香の激しい反発に周は思わず怯んで押し黙った。二人の間に重い沈黙が階段の床を這うように流れていく。行き詰まる瞬間が、二人の間を駆け足で通り過ぎた。

すると、しばらくして、今度は明日香が泣きじゃくりながらも言った。

「だいいち、なんで周くんがここに来たの？森山先生か礒田先生に頼まれたわけ？」

「いや、ぼくはただ今日、嫌なことがあったから、ひとりになりたくて、落ち着く場所を探してたんだ……ああ、ひょっとして！……礒田先生が言っていた音楽の授業で飛び出した女生徒って君のこと？」

「そうよ！そうだったら、なんだって言うの？」

「…………」

明日香はますます激しく泣きじゃくる。頬をつたう涙がジーパンの上にしたたり落ちていく。

「ぼく、ここにいても仕方ないのかな？君の気持ちをますます高ぶらせることになる？」

「……………」

周は自分も胸が苦しくなり、切ない悲しみがこみ上げてきた。手をさしのべたい人がこんなに目の前にいるのに、自分にはなにもできないのだろうか。

――人はみな、たったひとりでつらさや苦しみに耐える以外にないのだろうか……。

やはりそうだろうなと周は思っている。それでも周は目の前の明日香を置いて、この場を立ち去ることはできないと思った。今、この場に自分がいない方がいいのかもしれないと思うのに、身体が金縛りに遭ったように動かなかった。涙を流している明日香の興奮した息づかいや鼻を啜る音が辺りにこだましている。

ただ、ここにいる、ここに一緒にいる……それだけなら自分にもできるのではないだろうか！

「……ぼくは……」

周は明日香の方は見ずに、自分に言い聞かせるように語り始めた。

「明日のオープニングで歌う歌をグループの人たちとうまく決められなかった……ぼく以外は大体、歌が得意じゃないんだ。だから、仕方ないのかもしれない……ぼくに任せると言ったのに、ぼくの歌いたい歌に決まらなかったから、すっごく裏切られた気がして頭に来ていたんだ……もっと別のやり方があったのかもしれない。でも……あれでぼくは精一杯だったんだ。だから、仕方ないんだ……ぼくだって、もし苦手なことを無理にやれって、言われたら嫌だから、グループの人たちの気持ちもわかるよ。だけど、二人でつるんで、ぼくの気持ちなんか考えもしない……そんな風にいつもうまくいかないんだ……伝わらないんだ……」

「……………」

急に泣き声が、嵐が収まるときのように小さくなり、明日香が話しかけてきた。

「周くん……」

「えっ……なに?」

「そう、わたしも……同じようなことかも……」

明日香はまだ湿っぽい、喉に詰まったような声であったが、音楽室での一部始終をぼつぼつと語り出した。周は時々相づちを打つだけで、静かに聴き役に回った。寒々としていた踊り場の冷たい床が次第に温かく感じられるほど、少しだけ互いの体温を感じながら、じっとしていた。

「でもね、わたし、もう決めたの!授業をボイコットしたことだけ、礒田先生に謝ったら、もうなかったことにしようって……その子たちだって後悔しているかもしれないじゃない……そう思うことにしたの。もちろん、また繰り返したら?そのときはまた考えるけど」

「君、えらいね……そんな風に自分でよく考えて、やった人のこと、ちゃんと許してあげているんだ……」

「えらくなんかないけど……」

「……なんて！ほんとはぼくの方が年下なのに、こんなこと言ってごめんね。ぼく、生意気かなあ……」

すると、明日香は雨に濡れた花のように、ぱあっと明るく顔を輝かせて微笑んだ。

「ううん……周くん、聴いてくれてありがとう……年なんて関係ないよ。こんな風にわたしが思っていることを、そのままわかってくれたことなんて、今まで一度もなかったよ！周くんのような人がいるから、わたし、また元気になれるし、生きていける……」

「ありがとう！ぼくだって今話したら、勇気が湧いてきた……どうしたらよかったか、もう一度考えてみるよ」

――ぼくも……！

そう言ってくれる人がいるから……ぼくも生きていける！

周は心から嬉しかった。明日香を励まし、勇気づけることができたのだ。こんな自分でも、なにか人のためにできることがあったのだと思えたからだ。

周は中学校でいじめにあっていた頃、野宿者の水野に襲撃から危ないところを救ってもらったことがあった。鉄パイプのような棒で卒業生四人に、襲いかかられたときに、自分の身体ごと投げ出して守ってくれたのだ。そのときは駆けつけた幼馴染みの友だちと母親のおかげで大怪我には至らなかった。そのときのことが鮮やかに蘇ってきた。

——こんな風に自分のつらさを……。

水野はただ黙って聴いてくれているだけだったのに、小屋の中の薄暗い雑然とした光景が、二人が一緒にいたところだけ、赤々と暖かい陽が差し込んでいるような温もりを感じさせていた。たったひとつのお菓子を、アカギレだらけの大きな手のひらにのせて、周に渡すと水野は微笑んだ。

「周くん、大丈夫だよ。こうやってこの小屋にきてくれるだけで、とってもいいことをしているよ。俺は周くんに会うのが楽しみなのさ。こんな俺でも生き甲斐があるって、思えるからね……」

——あのとき、ぼくはそんな風につらい体験を、黙って聴いてくれる人がいるから、生きていけるんだって思った……。水野がもし、今日の明日香のことを知ったら、きっとぼくのことをほめてくれるに違いないと周は感じて、思わず涙をこぼした。


二人はその後、連れだって職員室に行き、明日香の荷物を受け取った。

礒田とちょうど出張から戻った森山に、明日香は事情を説明し、丁寧に謝った。

すでに周りの女生徒から真相は話されていたらしく、明日イベントが終わったら、明日香に謝罪したいと美沙や百合子らが申し出ていたと礒田が優しく伝えてくれた。

「あなたがいなくなって、美沙も百合子もクラスの生徒たちも、とても心配したのよ。授業が終わったらすぐに二人が言いに来たのよ。確かに二人がやったことは良くないことだけれど、あなたもみんなに心配をかけたこと、少し心に留めて置いてね……飛び出したりしないで誰かに話すとかすれば、少しはお互いが、早くわかり合えたんじゃないかしら……まあ、仕方がなかったかもしれないけれどね……明日は少し早めに来て練習しましょう」

「はい、すみませんでした……」

明日香は深々と頭を下げて、もう一度謝った。

森山も頷いて肩を叩いてくれた。そして周の方を見て言った。

「それにしても周が見つけてくれたのは良かった！あんな所で一人でずうっといたら危険だからね。二度とあそこは近づかないように……周、ありがとうな」

まだ明日のイベントの準備で、外はごった返していたが、周と明日香は誰にも会わずに「響き学園」を後にした。

どんよりとした雲の切れ間から覗く陽は、そろそろ西に傾いてきていたが、周も明日香も晴れ晴れとした気持ちで浜崎駅に向かっていった。

三　菜の花畑

一

「ねえ、明日香！お父さんが一緒に菜の花畑に行かないかって？どうする？」

友紀がリビングでピアノを弾いている明日香に向かって、隣のキッチンから大声を張り上げた。三月の末の昼下がりである。珍しく家族が三人ともゆったりと家で過ごしていた。

春休みということもあって、のんびりとピアノを弾いていた明日香に、浜崎市の隠れた名所の菜の花畑に行こうと圭治が切り出したのだ。

「うーん、どうしようかな?」

ふと出窓に明日香は視線を向けると、細かい霧雨が降っているのが眼についた。庭には梅が花びらを散らし始めていたが、その横に植えられている乙女椿は満開の兆しを見せている。幾重にもピンクの花びらを重ねた乙女椿は、つややかな葉の陰で見え隠れし、雨に濡れて光っている。

「いやだ!雨じゃない!おかあさん、急に降ってきたみたい!」

「明日香、何を言ってる……これは春雨だよ。濡れても平気さ。さあ、行こうよ」

圭治はもう立ち上がり、グレイのウインドブレーカーを羽織って、車のキーを掴んでいる。

「そうね……うーん」

「あのね、鏑木周くんも来るのよ」

友紀が明日香のそばに近づくと、耳元でそっと囁いた。

「えっ！周が！それを早く言ってよ！もち行くわよ」

周の話が出た途端、明日香はピアノを止め、えんじ色のカバーを早々に掛けて、椅子から飛び降りた。

「まったく、明日香は現金ねえ、すぐにそれだから……」

友紀が圭治の方を見て笑ったが、明日香はあっという間にフード付きの芥子色の上着を羽織ると、ピアノの上に置いてあったバッグを掴んで玄関に向かっていく。

フリースクールの卒業式も終えて、明日香は保育士を目指して、専門学校に四月から通うことに決まっている。

「学童の指導員のアルバイトをして、もっと子どもたちのためにできることをしてあげたいと思ったの。子どもは好きだからさあ……一緒に楽しい歌を歌うのも楽しみ！」

と言い出していた。圭治も友紀も明日香が望むなら、音楽大学を受験してもかまわないと言ったが、明日香はあっけらかんと主張して、取り合わなかった。

「そんなひと握りの人のための音楽に、自分の人生を賭けたくないな。庶民のための音楽ならいつでもやれると思う。わたし、できることなら歌声喫茶でみんなで楽しく歌いたいの。お金を貯めて、歌声喫茶を開きたい……この街で！周くんも賛成してくれた……」

圭治は明日香の音楽的な才能を伸ばしてやりたいという思いの方が強かったが、明日香の話を聞くとあっけなく引っ込めた。音楽関係に進むには、経済的な負担も大きかったが、神経の細い明日香が厳しい競争社会でしのぎを削ることが、メンタルを病む原因になるのではないかと不安がよぎったからである。

「おかあさん、早くぅ！ お父さんが早く来いって！」

「はいはい、今、珈琲をポットに入れたら行くから、先に車に乗ってて……」

友紀は挽き立ての珈琲をポットにつめ、昨日明日香が焼いていたクッキーをバスケットに入れると玄関に向かった。薄いブルーのレインコートを引っ張り出すと、急いで羽織って外に飛び出した。

そこは地下鉄の駅が彼方に見渡せる一面の菜の花畑であった。

駅周辺には桜やハナミズキ、ミモザの大木が立ち並び、桜とミモザは満開を迎えようとしている。黄色の鮮やかな菜の花が一帯を絨毯のように覆い、微かな風に揺れ、優しく降り注ぐ小糠雨に辺りは透明に輝いている。大きく育った茎と葉の緑色が一層花の黄色を引き立て、束ねられた花束のように小花をたわわにつけていた。

二台の乗用車が、静かに畑の端の駐車場に止まった。

「あら、周くんが、明日香に何かを渡している？何かしら……」

熱い珈琲をポットからカップに注いでいた友紀が、遠くの菜の花畑の中にいる二人を見つけて言った。芥子色のフードをかぶり、周と向かい合って、なにやら声高に話しているが、友紀にはまったく聴き取れなかった。ちょこちょこと頭が動いている様子が微笑ましく、二人の嬉しそうな顔と笑い声が、遠くからも感じられる。

「ああ、あれは周が明日香さんに卒業祝いを渡しているの。わたしも中身はわからないんですけど……昨日、なにやら大事そうに包んでいましたから……今日、お誘いをいただいたので、多分持ってきたんでしょう……」

鏑木佐知が嬉しそうな顔を友紀に向けている。

友紀は驚いて頷くと、みんなに珈琲を勧めた。

「まあ、周くんが！きっと明日香は喜ぶわ。何かというと周くん、周くんと家でも話していたから……どうぞ、鏑木さん、熱いうちに珈琲を召し上がって。このクッキーは明日香が昨日焼いた物なの。食べてやってくださいな」

「ああ、ありがとうございます。遠慮なくいただきます」

鏑木雄二が穏やかな表情で友紀に礼を述べた。

菜の花畑の端の小さな四阿《あずまや》で、友紀と圭治、鏑木夫妻の大人四人が楽しげに語り合っている。そこは木製のテーブルと椅子があって雨をしのげるので、取りあえずは落ち着ける場所である。少し冷えが感じられたが、熱い珈琲の香りが四人を温かく包み込んでくれている。辺りは雨ということもあって閑散としていて、他に訪れる人の姿はなかった。中にある売店も今日は閉まったままだ。

「なんか、まるでほんとうの姉弟みたい！ねえ、お父さん……」

佐知がクッキーをつまむと笑って、夫の雄二の顔を見た。

「まったくだなあ……楽しそうな二人を見ていると、俺も子どもの頃を思い出すよ」

雄二も温かい珈琲で喉をうるおしながら、眼を細めてじっと、菜の花畑を眺めている。

「周くんも明日香も無邪気ねえ……ほら、あんなに走り回って！びしょ濡れになってしまうのに……早く戻ってこないかしら。二人とも風邪ひかない？」

「大丈夫だよ、友紀……」

圭治は笑って、珈琲を美味しそうに飲み干した。

「春雨だから?」

友紀もクッキーをつまみながら笑った。

するとと佐知が言った。

「あら、これから菜種梅雨だって……さっき言ってましたよ。車のなかのニュースで……」

「菜種梅雨かあ……なるほどね、いい言葉だねえ」

友紀に優しく視線を投げると、圭治はその言葉を噛みしめるようにつぶやいた。

「……………」

眼前の鮮やかな菜の花畑に優しく降り注ぐ雨……遠くで見え隠れしている二人の飛び回っている姿が友紀のまぶたに焼きついていく。明日香と周に降り注ぐこの雨は、試練の雨かもしれないと友紀は思っている。でも菜の花にとって雨は大切な自然の恵みである。そうであるなら、試練の雨に打たれても、二人は大きく豊かに育ってほしい……たとえ嵐のように激しい雨にたたきつけられても……。

思わずそう願わずにはいられない友紀であった。

「おかあさーん!温かい珈琲ある?飲みたくなったって!周くんが……」

明日香と周が、雨に濡れながら四阿に向かって駈け出してきていた。

V

曼珠沙華

一　天上の花

一

ミュージカル「モーツァルト！」はいよいよ第一幕の佳境にさしかかっていた。

父親で宮廷楽士であるレオポルトの庇護のもとで作曲に勤しんでいたヴォルフガング・アマデウス・モーツァルトが、傍若無人な領主のコロレド大司教の支配下で作曲活動をすることに反発して、ついにコロレド大司教に怒りを爆発させ、父親とも溝を深めてしまう。自由と輝きを求めて、その苦悩を舞台いっぱいに歌いあげているのであった。

隣に座って見入っている鏑木周の身体が小刻みに揺れて、舞台の男優が身体全体で張りあげ響かせる歌声と一体化して喜びを発信している。巻村明日香は次第に激しく気持ちの高揚を伝えてくる椅子の揺れを押しとどめるように、背もたれに力を込めて寄りかかった。

——周くん……。

周の横顔を窺うように明日香は横眼でじっと見つめた。明日香の視線の先には薄明りに照らしだされた目鼻立ちの整った顔が見えている。周の視線は凍りついたように微動だにしない。その瞳が放つ澄んだ光が、ヴォルフガング役を演じている井上芳実の一挙一動に追いすがり、真っすぐに熱く注がれている。こんな風に自分も周に見つめられてみたいものだと明日香はふと思った。

二〇〇二年の日生劇場での初演からずっとヴォルフガング役を演じてきた井上が今回で引退するという特別な公演であるからなのだろうか、一一月の帝国劇場は満員御礼で階段やロビーはたくさんの井上ファンでごった返していた。五歳で作曲を始めた早熟の天才ともてはやされるモーツァルトの波乱万丈の生涯を歌で綴るこの公演を、間近に見るのは明日香も周も初めてである。

周はこの日を待ちわびて、明日香に何度も携帯にメールを送ってきていた。明日香も演劇やコンサートはむしろ好きな方には違いなかったが、指折り数えて待っている周の、少し子どもじみている並はずれた気迫にいささか気おくれがしていた。音楽大学に行くことを諦め、専門学校に通って保育士の免許を取ることに方向転換した明日香にとっては、音楽にそれほどの情熱を今は傾けてはいなかったからだ。

「明日香さん、保育士の仕事でお忙しいと思うけど、周がどうしてもあなたと行きたいからというので、夫がやっととってくれたチケットなの。一緒に行ってもらえたら嬉しいんだけど……」

一週間前、周の母親の佐知が明日香の勤務先のせせらぎ保育園に早朝出向いて来て、渡してくれたチケットである。

「ああ、『ミュージカル・モーツァルト！』……いいですね。えっ？A席、こんな高価なチケット、いただいていいんですか？」

明日香はその時、同僚の保育士たちが園児を預けに来る保護者への対応で忙しく立ち働いているのに気を取られ、即座に受け取ってしまったが、園児たちの昼のランチタイムが賑やかに終わって、休憩時間になると俄かに胸の中にわだかまりが生まれてきた。

——やっぱり、周くんらしいなあ！

明日香はチケットをもう一度眺めて、思わずため息をついた。ああ、こんなに大切なチケット、わざわざ母親を使って、わたしに届けるなんて……もう、周は何を考えているのだろう……。

だが、一方で、そういえば二週間前に「明日香、『ミュージカル・モーツァルト！』を見に行かないか？今回は井上芳実の引退公演なんだよ。一緒に行こうよ」と意欲満々のメールが周から来た記憶が不意に蘇った。あの時にはっきり意思表示をしていれば、もっと周も別の方法を考えたであろうに……自分で届ける自信がないのか、あるいは周の機嫌を損ねているのかもしれないと明日香は考えはじめていた。

それでも帝国劇場前で開演を待つ、周のすらりとした姿を見出したとき、明日香のわだかまりは一気に消滅した。細身の黒のジーンズ、茶の皮のジャケットを着て、手を挙げて合図している周とは、ここ二ヵ月ぐらい会っていなかったことなど瞬時に忘れ、懐かしさと親愛の情が明日香の胸をついて湧いてきたのである。

今日はいつものまとめ髪ではなく長いストレートの髪を風になびかせ、秋らしいベージュとワイン色の花柄ワンピースに、ワイン色のジャケットを着た明日香を眩しそうに眺めて、周は飛び上がらんばかりに笑顔を送ってきた。

「明日香、久しぶりだね。よかったあ！君と一緒にこの舞台が観れるんだね。実はちゃんと明日香に会えるか僕は心配していたよ」

「大げさなんだから！周は昔っから……来るに決まっているじゃない」

少し大人の香りが感じられる周の視線に、明日香は照れくさそうに頬を染めて言った。

「そうかあ！明日香、今日はすっごい人だよ。井上は人気あるからなあ！もうすぐ始まるから急ごう！後一〇分だし……」

周は大勢の人の波に揉まれながらも憑かれたように人を懸命にかき分け、先に立って歩き、明日香の手をそっと握って導いた。そして、歩きながらも周は、ヴォルフガング役の井上の話を続けざまに話し続けた。そんな窮屈な思いをしてようやく客席に二人が座ると同時に、舞台は暗くなりミュージカルの始まりを告げてきた。

一歳年下の周とは三年前にフリースクール『響き学園』に通学していた頃に偶然、学園の屋上で出会った。それまでは母親の友紀が生活自立支援センターの職員で、浜崎市の野宿者支援活動に関わっていた関係で、時々野宿者支援のパトロールに参加していた周とは顔見知りではあったが、直接言葉を交わしたことはなかった。周が同じ『響き学園』に通っていたのも知らなかったほどである。明日香は『響き学園』で音楽の授業のために編成されたクラスの中で、始業前の時間に隠れたいじめにあっていた。卒業寸前の冬、オープンスクールのイベントで歌う合唱の伴奏を、担任の男性教師から頼まれていた明日香に、ある日、陰湿な心理的ダメージを与える事件が起きた。若い男性教師と明日香が性的な関係を持ち、多くの女生徒が羨む華やかなピアノ伴奏の役を手に入れたのだという噂をでっち上げたのだ。噂が広まっていることを暗示するテープを使い、まことしやかにクラスの生徒が全員いる教室で大音響で流したのである。明日香の気持ちを傷つけ乱し、失敗させようという目論見である。誰がしゃべっているのかわからないように証言者の音声も加工されていた。明日香は過去の中学校時代のいじめの暗い記憶がよみがえり、パニック状態を引き起こした。激しく動揺して音楽室を飛び出し、立ち入り禁止の屋上へと登ったのである。

一方、二年生だった周は些細な合唱グループの行き違いから、同級生との言い争いに耐えられず、やはり音楽室を飛び出した。学園内をうろついているうちに、気持ちを立て直そうと誰もいないはずの屋上に登る。そこで、うずくまって泣き崩れていた明日香の姿を偶然見出し、互いの胸の内を語り合いながら、意気投合していったのだった。

その後、明日香は保育士をめざして二年間専門学校に通い、今のせせらぎ保育園に保育士として勤務することになった。周は武蔵野音楽大学声楽科に入学して、今年で二年目である。知り合って今までに何度か二人は、互いの生活の悩みや将来の不安について話し合うようになっていった。

金糸で刺繍された重厚な幕が下りて第一幕が終わり、二〇分間の休憩時間に入った。観客は一斉に明るい光に包まれ、張り詰めた空気から解き放たれて、立ち上がってざわめきながらドアの外に流れていく。明日香と周も立ち上がるとロビーの珈琲スタンドに向かった。だが、ロビーは相変わらず人が溢れ、ごった返している。席を離れた観客がお土産品や飲み物を求めて、右往左往している。明日香は疲れたような表情でため息をついた。一幕を見ている間は、ロビーに井上ファンが押しかけていることなどすっかり忘れていたが、これではすんなり休憩時間内に飲み物が飲めるとは思えない数の列が、どこのコーナーにも並んでいる。

「あ、明日香はこの辺で座って休んでいて。僕が珈琲を買ってくるからね。それとも先にトイレに行く?とにかくここで待ち合わせよう」

そういうなり、周はすぐに大勢の人の列の中に消えた。

——あ、周くん……。

思いがけなく周の自分を気づかった行動の素早さに、明日香は急に自分が置き去りにされたような錯覚を覚えた。今までなら、うわーっ、すっごい人!と驚きながらも二人で並び、交わす話に夢中になり、時を忘れて飲んだり食べたりしたものなのに……と思ったからだ。

三年前にディズニーランドで人気のアトラクションに乗ろうとした時はこんなもんじゃない、もっとすごい混雑だったなと明日香は突然思い出した。あの時はまだフリースクールに在学していた頃だったから、今に比べたら二人ともまだ幼くて、無邪気だったのかもしれない……。二人して並んでいるというだけでささやかな幸せを感じて、胸がときめいていたことを明日香はいまだに覚えている。

自分の気持ちを分かち合えると信じて疑わなかったあの頃……ひとりでいることに慣れていたはずの自分が、思いっきり素直になれる相手を見つけた喜びをかみしめていた……。

——あの頃は……。

あの頃はとても幸せだったな……と明日香は懐かしく思い起こしている。

最も今が幸せではないというわけでもないのだが、今回は始めから計画したのは周だし、周にしてみれば自分を招待したという意識でいるのかもしれない。明日香をスマートにエスコートしようという余裕ある姿勢が、周の何気ない行動にも見え隠れするような気がするのだった。

——それが嫌だというわけではないが……。

明日香が座っているところからは、周がどの列に並んでいるのか、皆目わからなかった。すでに休憩時間の半分は過ぎてしまっている。まだ周が戻ってくる気配はない。明日香はしびれを切らして、少し様子を見に行こうかと腰を浮かし始めたとき、突然後ろのほうから聞き覚えのある声が耳に入ってきた。

「あら、巻村さん？……巻村明日香さんじゃない？」

透き通るような明るさのある、自信に溢れた声であった。いくらか茶髪に染めた長い髪が、肩のところすれすれに波を打って、綺麗にカールされている。大きな瞳は化粧でさらに大きく縁どられて、より印象的に見える。形のいい唇も自然な色合いで彩られ艶がある。どちらかというと派手な面差しだが、品を損なう程の賑々しさはなかった。微笑をたたえた表情は相手を包み込もうとする柔らかな雰囲気が漂っている。着ている服はごく普通の紺のリクルートスーツであったが、中に着込んだラメ入りのピンクのリボンタイ付きのブラウスがきらきら光って胸元を華やかに飾っている。明日香と同い年であるはずの顔が、はるかに洗練された大人顔に感じられる。声の主は、すれ違う人の波に軽く会釈をしながら明日香に近づいてきた。思わず振り向いた明日香に、微笑みながら話しかけてきた。

「明日香さん、久しぶりね！あれ、あなたも、井上ファンでしたっけ？」

物おじしないで次々と話しかけてくる、気取りのない快活さは昔のままである。

「ああ、なつみさん……森なつみさんこそ？　どうしてここに？」

浜崎市の生活自立支援センターで、野宿者のためのボランティア活動である金曜パトロールに集まった高校生のなかで見かけたことのある森なつみであった。活動的で目鼻立ちのはっきりした顔が明日香の記憶の底から浮かび上がってきた。

「それはこっちのセリフ。鏑木周くんならわかるけど、あなたも井上ファンとは、知らなかったわ！」

「……いえ別にファンではないですけど……」

「あ、そういえば周くんとあなたは仲が良かったみたいじゃない？　今も付き合っているの？」

「…………………」

明日香はどう答えようか、言葉が見つからずに戸惑った。突然の不意打ちでもあるし、相手に完全に気圧されていた。

「ま、いいわ。あ、今度の未来広場まつりのオープニングコンサートで、わたし、出演することになったの。マネージャーが地元の行事を優先しろってうるさくてね。その時はまたよろしくね。じゃ、わたし、井上芳実とツーショットのスチール写真を取るために、楽屋に呼ばれているから、もう行かないと！」

「森なつみさーん、時間ですよう！早く、幕が開いてしまいますよ。井上さんがお待ちかねです！」

遠くからマネージャーとおぼしき人が大声でなつみを呼んでいる。恰幅のいい、中年の男である。

「じゃ、また！」

一瞬じっと明日香を見つめると、くるっときびすを返して、なつみはそそくさと明日香の傍から離れていった。

「明日香！おまたせ！やっと買えたよ」

ほどなくして周が両手にコーヒーの入った紙コップを持って、明日香のところに戻ってきた。

「ありがとう！周くん」

紙コップを受け取りながら、明日香は上目遣いに周のほうを見た。

「どういたしまして……なんか、誰かと話してた？　さっきの人、知り合い？」

「うん……ちょっとね……あ、コーヒー美味しい！」

なぜか、森なつみのことを言わずにおきたいという気持ちが明日香の胸を満たしている。

周は一瞬怪訝な顔をしたが、すぐにロビーの時計を見て慌てた。

「あ、大変！　第二幕、もう始まるよ」

「そうね、行きましょうか……」

――周くんは……。

森なつみのことは、周くんの記憶にはないのだろうか……。

明日香は周と一緒に座席に戻ると、急になつみのことが気になってきた。

自分と同い年だから、親近感があったのか、特別仲が良かったわけではないが、なんとなく目についていた。確か人気アイドル「武蔵野ＭＳＢ48」の中心メンバーとして昨年からデビューしている。明日香にとっては以前から妙に気になる存在だった。なつみは、いつも陽の当たる道を駆け上ってきたことがわかる育ての良さがそのまま表れている素直さが周囲の人たちに好感を与えていた。高校生の男子が何人か、なつみに秘かに憧れているのがはっきりわかる場面に出くわしたことがある。だが、周はそうした男子の連中とは距離をいつも置いていた。

——今はどうだろう？

第二幕は明日香もよく知っているオペラ「魔笛」の曲が始まっていた。

有名な「夜の女王」の歌を女性の歌手が全身で歌いあげている場面である。周はすっかり井上の一挙一動に魅せられて凍りついたように見入っている。だが、明日香はひとり、突然襲ってきた不安を抑えることができないまま、空しく舞台を見つめていた。

二

明日香は舞台のミュージカルが幕を閉じると、出口に井上が顔を出して、にこやかに手を振っているのを見た。周りにファンが殺到して握手を交わしている。

「周くん、握手して来たら？せっかく来たのだし……」

つないでいる手を引っ張って明日香が笑うと、周は首を振って言った。

「いゃあ！そこまで親しくないし……」

「かっこいいよね……人気あるんだ……井上芳実って」

「ああ……いいミュージカルだったなあ！やっぱり最高だよ」

外はもう夜の闇が迫っている。二人は地下鉄・日比谷線の日比谷駅に向かって歩き始めている。

「ねえ、夕飯食べていく？」

明日香が手をつないだまま、不意に立ち止まって周の顔を見上げた。こんなに自分より背が高かったかしら？と明日香は頼もしげに見つめて、首を傾げた。

「ああ、そうだね。明日香と一緒なら、どこでもおっけいよ。入りたい店ある？蕎麦屋とか？明日香は結構ヘルシー系が好きだったよな」

「モーツァルトを見て、蕎麦屋はちょっとね……やっぱり、フランス料理かイタリア料理でしょう」

――そうよね、周、わたしたち、両親も公認の仲だったわね。いそいで帰らなくても……。

いたずらっぽく明日香が笑いながら応じると、すぐに周はきっぱりと言った。

「イタリア料理がいいな。どっかに入ろうよ」

日比谷駅近くに好きな店があるから案内するよと周は先に立って歩きはじめる。

「さぁすが！音大生！」

明日香はさり気なくつないでいた手を放すと、周の右の腕に自分の左手を絡ませて組み、身体を密着させていった。こんなになれなれしい行動に出てもいいのかな？と明日香は一抹の不安を顔に滲ませている。フリースクールに通っていた頃は、いつも帰りに校門の近くで待ち合わせて帰った。手をつないだり、走り回ったりしながらあっという間に家に着いたものである。周は明日香の身体の重みを感じながらも、押しとどめようとはしないようだ。まんざらではないと思っているように照れて笑っている。

「なんかさぁ、周くん、すっごく背が伸びたみたい……座席に座っていた時は全然気が付かなかったけど！」

日比谷駅近くの飲食店が立ち並んでいる中でイタリア料理店を見つけると、周はここだよと明日香に合図し、慣れた手でドアを開けた。

「いらっしゃいませ！おや、鏑木さん、珍しい！」

人のよさそうな若い店員が周を見て、親し気に声をかけている。驚いて眼をまるくした明日香に気づかないふりをして、周は窓際のテーブルに座った。なかは結構客が入っていて、チーズの香りやピザの焼けるにおいが充満している。

「まいったな、ここ、あんまり来ないんだけど……」

向かい側に座った明日香は、一瞬戸惑いを見せた周を訝しげに見つめた。

「知ってる人?」

「うん、時々、音大の先輩に連れられてきたけど、一人で来たのは初めてなのに……」

「ふふ……周くん、イケメンだから覚えられたのね」

「そんなぁ!明日香だって結構、僕的には美人だよ」

——えっ!今、どさくさに紛れて何て?明日香は狼狽した。誰に認められなくても、周には自分のことを認めてもらいたいという思いが急に刺激されて噴出したようだった。

だが、周は何事もなかったかのようにメニュー表を広げて言った。

「明日香、何にする?ここのお任せコースにする?パスタと石焼ピザがセットになってて美味しいんだ……パスタはこのワタリガニので、ピザはマルゲリータで、サラダはシーザーサラダでいい?」

「ええ、いいわ!それとワインでも飲む?」

「ああ、いいね!」

明日香がうなずくと周はすぐに、料理とワインを注文した。ほどなくして、店員がにこにこしながらワインの瓶とワイングラスを運んできて、早速二人にワインを注いだ。

「明日香、こうやって改めて向き合うと、大人っぽくなったね? 女っぽさアップ?」

「ええ? そんなこと、ないわよ。周くんこそ、大学生らしいし」

「乾杯! 素敵なミュージカルが観れて最高の夜に」

ワインはまろやかで、少し苦みもあったが、明日香は飲んで美味しいとつぶやいた。

大盛りのシーザーサラダが来たので、思わず明日香が声をあげた。小皿に取り分けて、周に渡すと、周が言った。

「明日香は保育士の仕事はもう慣れた?」

「うーん、毎日忙しい。子どもはめちゃ可愛いけど、保護者はやっかいだし……だからお迎えに来た時が一番ほっとする時間。でも、子どもと歌ったり踊ったりする時は楽しいかな?」

「明日香らしいね……じゃ、歌うときの曲の伴奏なんか苦労しないだろう? 昔っから、楽譜見ただけですぐに弾けたものね。僕はからっきし楽器は苦手で、今特訓を受けているよ」

「ああ、だから、声楽科なんだ……」

「そうそう、でもね、楽器の伴奏も練習してるんだ。できないなんて言ってられないから」

「ふーん……そうなの。難しいのね」

パスタとピザのアツアツも二人のテーブルに並んだ。チーズの香りとピザの香ばしい匂いが立ちこめる。ガーリックトーストもサービスでついている。

「さあ、明日香食べよう!僕は緊張したからおなかすいたあ!」

「ほんとね、ワインも美味しいわ!」

周が不意に真剣な表情で、明日香を見つめて言った。

「今度さ、一月になったら、オーディションを受けようと思って……有川さんがやっている劇団で新しい団員を募集しているんだって。ゼミの先生にやってみないかって言われたんだ。ミュージカルをよくやっている劇団だけど」

明日香は話に引き込まれて耳を傾けた。

「ああ、知ってる!有川さんでしょ。結構テレビでも紹介されているもの、周くんすっごいじゃない。受かったら、ラッキーだね」

周の表情が和らぎ、眼に輝きが宿っていく。

「明日香……応援してくれる？ でも、きっとだめだと思うし、本当は受かっても、うまく劇団の人とやっていく自信がないんだ」

「いやだ！ 今からそんなこと言って！ 大丈夫よ、第一、周くんの夢でしょ」

――ああ、でも周が歌の才能が認められて、今日の舞台のようなところで歌を歌うことになったら……。

そうなったら、こんな風に二人でくつろぐ時間は掻き消えてしまうのだろうか？ 明日香はそんなことを思ってしまう自分が情けなかった。自分の大切な人の幸運を心から喜んであげられないとしたら、なんと心が貧しく傲慢なことか！ と思えたのである。

周は食べながら、ふと視線を泳がせて壁面の絵や写真に見入った。

店の壁面には古い銅版画やイタリアの風景の写真が無造作に飾られていたが、その中に埼玉県日高市の巾着田の写真が飾ってあった。

「あら、珍しい！ 彼岸花？ 綺麗ね、すっごーい！ まるで緋色の絨毯みたいに！……」

周につられて壁面に視線を注いだ明日香は思わず声を上げた。

樹々に囲まれた灌木の窪地に、一面の彼岸花の群生が映っている写真である。すっくと伸びた茎から、花弁の先が丸まった独特な形の花が茎のてっぺんに乗っている。しなやかな手の指のような曲線を描き、長い柄を思いきり伸ばして咲いている。情熱的な赤の鮮やかな花の色は、あたりの薄暗いくすんだ木立の緑との対比で、少し陰りを帯びながらもより美しく照り輝いて、一段と鮮やかに、むしろこの世のものとは思えない幻想的な光景に映っていた。

「イタリア料理店に?……彼岸花?どうして……」

「なんか、この店のシェフがこの花をすごく好きらしいんだ……写真の趣味もあるらしい……ほら、小学校で習っただろう?『ごんぎつね』って、明日香覚えてない?」

明日香はガーリックトーストを頬張りながら、思わず胸をつかれた。

「あの話は悲しい話よ。一人ぼっちのきつねのごんが、兵十と仲良しになれないで、鉄砲で撃たれてしまうもの。彼岸花を見るたびにあの話を思い出すわ……」

「そうだね、確かに!……でもね、ぼくはこの花を見るたびにあっ!ここに明日香がいる!って、思うんだ」

「えっ!どうして?……わたしが……?」

明日香はうろたえ、胸が苦しくなった。

「なぜ？わたしなの？暗い地面に生えている……あの、寂しげなあの花が？」

「いや、明日香は勘違いしているよ。この花は彼岸花ともいうけど、曼珠沙華ともいうんだ。仏教では天上の花とも言うんだそうだ。曼珠沙華はまず花茎が伸びてきて、てっぺんに丸くて赤い花が咲くだろう？普通の花は葉っぱに寄り添われ囲まれて咲くけど、この花はたった一本の花茎にたった一つしか花をつけない。凛として伸びて、ひとりで力いっぱい咲く……僕はこの花を見るとなぜか勇気が湧いてくるんだよ。ぼくも明日香に負けないで頑張ろうっていうように……あと、花言葉も……いや、いいんだ……」

周は眼の前で肩を落として沈んでいる明日香に気づくと、急に言葉を飲み込んだ。

「……周くん…………」

明日香は涙がこみあげてきた。すでに夢を諦めてしまった明日香にとって、周はこれから遠い存在になっていくのではないかという恐れが明日香を怯えさせ、縛り付けて離さなくなっている。周は涙をこらえて俯いた明日香との間に、気まずい瞬間が音もなく流れていくのを感じ取ったように押し黙った。

二　未来コンサート

一

「みなさん、お疲れ様です。リハーサル中にすみません。これから『武蔵野ＭＳＢ』の森なつみさんが見えます。よろしくお願いします」

浜崎市の未来広場まつり実行委員の松崎守が、生活自立支援センターのホールでリハーサルをしていた人たちに、爽やかな声で呼びかけた。

今日は日曜日で外は秋晴れのいい天気である。晩秋であるにもかかわらず、小春日和のようなお天気がずっと続いていた。毎年恒例の『浜崎未来広場まつり』が来週に迫っている。松崎は支援センターの若い職員で明日香の母親の友紀と一緒に野宿者支援に携わっている一人である。昼時のホールにはピアノの明日香、パーカッション、ギター、フルート、バイオリンなどを演奏する人たちの出す音や合唱団の人たちの声で慌ただしい不協和音のような雰囲気が漂っているが、人々の表情は明るく笑い声も混じっている。折り畳み椅子を台にして指揮をしていたのは、中学校の音楽教師の美浦映子である。美浦は周の中学校時代の担任であり、合唱コンクールなどを指導した音楽教師だった。フリースクール時代までずっと周を気づかい、時々家まで会いにきてくれて、精神的にも支えてくれた恩師でもある。今は東京の中学校に転勤していたが、未来広場まつりの知らせを聞いて、リハーサルの指揮者を進んで務めてくれている。

「まあ！懐かしいわね！なつみさんなのね、森なつみさん！」

まつりの裏方の準備にホール内を忙しく走り回っていた友紀は、松崎の声で立ち止まると嬉しそうに声をあげた。ざわざわと準備に余念がなかったホールにいた人たちは、一斉に入り口付近に集まってきた。辺りは緊張した空気が漂った。かつてのなつみを知っている人はそう多くはなかったが、売出し中のアイドルを一目でも見ようと、我勝ちに集まり人垣をつくった。

入り口が急に騒がしくなったと明日香が感じたとき、森なつみが太った中年の男性、帝国劇場で見かけたマネージャーと一緒に、ホールに姿を現した。なつみは集まった人々の視線を意識して、にこやかに微笑をたたえて立っていた。

インディゴブルーのジーンズに細身の体を包み、薄紫のセーターを胸元にのぞかせ、大ぶりの真珠のネックレスをつけ、辛子色の皮のジャケットを着たなつみが、ホール内の人たちの熱い視線を浴びている。しっとりとした光沢のある皮のジャケットがライトの光を滑らかに反射して光っている。ジャケットもジーンズもブランドものらしく、見覚えのあるロゴがついている。さすがにアイドルの貫録を感じさせていると明日香は感じて、いつの間にか圧倒されて見入っていた。

「森なつみです。以前に金曜パトロールや未来まつりに参加させていただきありがとうございました。浜崎商店街のみなさんや支援センターの方々にはとてもお世話になりました。また今回はそのオープニングコンサートに出演させていただくことになり、とても嬉しいです。今までの感謝の気持ちを込めて、気合を入れて務めさせていただきますので、どうぞみなさん、よろしくお願いします」

可愛らしい、透き通った明るい声に、立ち尽くしていた人々の中から、思わずどよめきと拍手、歓声が起こった。

「なつみちゃん、おかえり！」

「よかったねえ！立派な歌手になって！待ってたよ」

商店街のおばちゃん連中の群れの中から、いきなり声がかかった。太っ腹でよく差し入れを持ってきてくれた肉屋の森本さんである。

「なつみちゃん！サイン頂戴！」

「なつみちゃん、握手して！」

次々と遠慮のない嬌声も人垣から飛んできた。なつみは頬を赤く染め、手を振って応じた。なつみは辛子色のジャケットを脱いで、マネージャーに手渡した。マネージャーはそのまま松崎と立ち話を始めている。

「わたしもリハーサルの仲間に入れてくださいね……」

明日香は舞台のそでのピアノのところで立ち尽くしていたが、そっと座ると舞台の脇にいた周の方を盗み見た。周はちょうど、美浦と楽譜の確認をしていたところである。なつみを取り巻く華々しいどよめきには、まったく関心がないようで、身じろぎもせず楽譜を見つめている。

「あら、鏑木……鏑木周くんじゃない？久しぶり！」

なつみは自分を取り巻く人垣の後ろで背を半ば向けて、立ち尽くしている周を見出すと、親し気に近づいていく。

「なつみちゃん、待って！」

歓声を上げていた人垣がそのままなつみを追いかけてきたので、周は急に周りを取り囲まれたような格好になった。

周はなつみの声に驚いて振り向いた。

「……………」

何か言おうと思ったのか唇を震わせたが、周は声が出なかったようだ。

眼の前で戸惑った周に、いきなりなつみは懐かしそうに握手を求めてきた。周はますます固くなって、なつみの差し出した手をじっと見つめながら、思わず後ずさりをした。

「あら?わたしのこと、覚えてくれていなかったの?周くん……」

「えっ?……はあ……なつみさん?」

「ほら、わたしよ!森なつみ!周くんはホームレスの水野さんの事件の時、追悼集会で『モルダウ』を歌ったでしょ。素敵だったわ!わたしは覚えているよ。あんな本格的な合唱曲、わたしにはとても歌えないと思ったわ。周くんの歌唱力には脱帽よ。今はどうしているの?」

「……あの……武蔵野音楽大学に行っています……」

「そう、音大生なの……いいわね、羨ましいわ!」

そのとき、マネージャーが走ってきて、なつみの耳元で囁いた。

「なつみ、これから司会者と打ち合わせだから、会議室に行くよ……」

森なつみの出演はオープニングコンサートの特別出演と枠づけされていて、周やほかの楽団のコーラスとは別格なのであった。専属の司会者もマネージャーが連れてきている。

「じゃ、周くん、終わったら、また話しましょうね！」

明日香のほうは見ずに、なつみは踵を返すと、銀ラメの高いヒールの靴音を響かせて、ホールの出口に吸い込まれていった。

なつみを取り巻いていた人たちは、がっかりした様子で元の位置に戻っていく。

「はい！もう一度、みなさん、リハーサルを続けましょう！」

松崎の声が響くと、再び自分の担当しているところにわかれて、賑やかに練習が開始された。

「明日香！昼の休憩の時間だよ。一緒にランチ食べよう……」

周は打ち合わせも終わり、午後は別の用事があるからと帰る美浦を浜崎駅まで送ってくると、明日香のところにすぐ戻ってきた。

「ああ、そうね……でも……」

何人か合唱団の人たちが明日香を食事に誘ってくれたが、周がもしかしたら、誘ってくれるかもしれないと思い、遠回しに断りながら、じっと待っていたのだ。でもそのことを周には知られたくないという思いが先に立った。

「えっ？何かあるの？まだ続ける？」

周は明日香が渋ったのが意外だったようで、思わず眉をひそめている。

「ううん……何でもない。じゃ、この曲で終わりだから……あと一五分で出ようか……」

明日香は全部で八曲の伴奏を担当している。一緒に練習していた楽器の人たちもいつの間にか食事に行ってしまい、ホールは人影も見えなくなっている。明日香はピアノを弾き始めると演奏に没頭して頭が真っ白になり、一心に音楽の世界を浮遊する。つまり、何も考えられないようになるのだった。周りに人が右往左往していても、まったく苦にならないタイプでもあった。

「明日香、何か、考え事？」

周は明日香の沈んだ様子が気になったようで、明日香の顔を覗き込んだ。明日香は周に、なつみのことを思わず問いただしてみたい衝動を覚えたが、懸命に抑えている。

「ううん、周、ごめんね。ちょっと待ってて……もう少しだから……」

「そっかあ……じゃ、明日香、待ってるよ」

周はうなずいて背を向けると、寂しげに明日香から離れていく。あっと、呼び戻したい思いが明日香の身体を貫いた。

――何やっているんだろう……わたし……周は何も悪くないのに……。

「明日香！あと一五分したら、もう一度ここに来るよ！」

出口に向かう途中で振り向いて、周は力強く手を振りながら言った。

明日香は小さくうなずいて周に応じると、すぐに譜面に眼を落して、鍵盤を威勢よくたたき始めた。頭のなかは何も考えられないような気がして、無性に悲しさが明日香をおおい始めていた。

二

明日香と周は浜崎駅前の大型書店『ＴＡＫＡＹＡ』の中にある『スターホックス珈琲』店に入り、ランチメニューを注文した。二人ともピザトーストセットである。ミニサラダとコーヒー、それに野菜の日替わりスープがついている。今日は白菜とチキンボールの辛味スープで、このスープ目当てで来る客も多い。しかもワンコインランチで五〇〇円なのである。このメニューで倍以上のお金を取る店もあるなか、とても良心的な店であった。

「ああ、もう未来広場まつりまであと一週間だね。毎年のことだけど、今頃が一番、僕は気持ちがハイになるんだ」

周が、さっそく運ばれてきたピザトーストセットを眺めながら、ため息交じりに言った。

「ほんとうね。でも、今年はいつもより落ち着かない感じがあって、ちょっと違和感があるけどね」

「ああ、それ、僕も感じる……」

「………………」

明日香はピザトーストに眼を移して食べ始める。周も美味しい！と言いながら、どんどん、豪快に頬張っていく。サラダやスープの食べる音でしばらくは二人の会話が途絶えた。

「明日香、明日の月曜日は練習に来る？」

「うーん……わかんないかな？保育行事が入るかもしれないし……周くんは？」

「僕は月曜日と水曜日はゼミが入ってて、単位を取るために欠席できないんだ……だから、無理」

「そう……」

最後のコーヒーをゆっくりミルクを入れて飲みながら、明日香は椅子に寄りかかってため息をついた。

――こんなふうに……。

周と暮らしたら、こんなふうに何も言わないで、黙々と食事をとることもあるのだろうなと明日香は想像してみた。眼の前にぽっかりと空いた穴の空間にすっぽりと埋まって、周が珈琲を飲んでいる光景が脈絡もなく、明日香の脳裏に浮かんだ。ごく自然で、とらえどころもないことでありながら、いとおしいと思える何かがそこにうずくまっている。

「え？……」

不意に周がはっとして声を上げたとき、入り口の自動ドアが開き、銀ラメの高いヒール靴がキラッと光って、こちらに向かってくるのが見えた。

「あ、なつみさん！」

「やっぱり、明日香さん、周くんとまだつき合っていたのね！」

含みのある言い方がなつみには似合わないと思ったが、明日香は笑って、どうぞと自分の隣の席を示した。

「あら、いいの？お二人がせっかく水入らずでいたのに、悪いわね……」

あっけらかんとそう言いながら、周と差し向いになって、なつみはいたずらっぽく微笑んだ。周はぎこちない会釈を返している。なつみは少し汗をかいているらしく、薄紫のV字型のセーターの胸元が火照っているように光って見えている。大ぶりの真珠のネックレスははずされていた。ダンスか何かの練習で体をいっぱい使ったという感じが垣間見えている。

早速ウエイトレスが注文を聞きに来たので、なつみはウインナー珈琲を頼んだ。

「なつみさん、お昼はもう終わったの？」

明日香は努めて優しく聞いた。自分がなつみより優位に立っているのをはっきりと意識しながらしゃべっている。

「ええ、中華料理屋さんでサンマー麺食べたわ。親切な店長さんが餃子や、春巻きをおまけしてくれてね。写真を撮らせてほしいと言ったり、色紙にサインしてほしいと言ったり、結構大変だった……さっそく色紙は店内に飾られたけど」

「あら、さすが！アイドルは強いわね……でも逆に気を使ってしまう？」

「ああ、なんか緊張しちゃって……なまじ知っている人がいるのもやりにくいわねえ」

「お疲れさま。でもよく未来広場まつりに出演してくれることになったのね。本当は忙しいんでしょ。」

「まあね、ところで周くんは未来広場まつりで何を歌うの？」

大きめのくるくる動く瞳を周に向けるとなつみは聞いた。

「歌うって言っても、独唱じゃなくて歌声喫茶みたいにみんなで楽しく歌う方がメインだけど。僕がソロで歌うのは『モルダウ』と『麦の歌』と『トゥモーロー』かな。大した曲じゃないけど……」

「あら、いいわよ！『モルダウ』も『麦の歌』も『トゥモーロー』も好きよ。いい歌だわ！私たちの歌はオジサンパワーに向けて歌っているから、キャピキャピしすぎて、もう嫌になるときがあるわ。マネージャーにはファンは大切にしないといけないって言われるけどね」

「アイドルだしね……」

周がなつみにいくらか同情したような顔を向けた。

「そうなのよ、しかも……恋愛は禁止だし、こんなふうに男性と話しているところ嗅ぎつかれたら実は大変なのよ。マネージャーには怒られるし、事務所を追い出されてしまうことにもなりかねないし……実際に責められてやめた子もいるのよ」

「えっ？　まじで？　初耳だわ。そんな、大変じゃない。この後も何か予定が入っているの？」

明日香も驚いてなつみの顔を見た。

「うーん、この後もＴＢＳテレビでバラエティ番組の収録があるの。マネージャーがもうキレちゃって！　早くってせかすから、今日はうまくできなくて、歌詞を間違えちゃった。もう夜の一〇時ごろまでぎっしりよ」

なつみの明るい表情が一瞬かげりを帯びて揺れた。

「アイドルも大変なんだねえ！」

周は驚き、明日香とうなずき合いながらため息をついている。

「まあ、それでも、テレビに出て、うまくいったときは嬉しいし、もっと頑張ろうって思うんだけどね。流行って波があるんだって……売れなくなったら、寂しいもんらしいのよ。そうならないように今のうちにたくさん稼いでおくんだよとマネージャーも励ましてくれるんだけれどね。なんだか、決められたスケジュールをこなすだけのロボットみたいな気がすることがあるの」

「とても華々しいように見えるけど、人には言えない苦労があるのねえ……」

そのとき、なつみの携帯が振動した。

「あっ！」

慌ててなつみは真顔で立ち上がり、入口の方へ行くと携帯に耳を当てている。何やら、深刻な顔をして話しているようだが、明日香たちの方には全く聞こえてこない。

「マネージャーさんからかしらね……」

明日香が囁くと、周も無言でうなずいた。

しばらくしてなつみは慌てて戻ってくると、すぐに荷物を持って手を振ってきた。

「じゃ、これで移動しなきゃいけないから、またね、周くん、明日香さん」

「ああ、未来広場まつり楽しみにしています」

「身体を壊さないように、気をつけてね……」

「サンキュー、お二人さん」

なつみは余程時間に追われているのだろう、ほとんど走るようにドアに向かって行った。

三　告白

一

明日香は窓側の席に座って、悄然と外を眺めていた。

大型の書店『TAKAYA』の二階にあるレストラン『アミーゴ』で、明日香は一二月はじめの土曜日の昼、心ならずもなつみと待ち合わせていた。

外はすっかり冬景色へと向かっているようだ。クリスマス用に金銀のモールで装飾された窓からは、浜崎駅に向かう賑やかな大通りが見渡せる。その道路の両側にある桜はもうほとんど葉を振り落として、残り少ない葉を風に舞わせている。その後方に立つ数本の銀杏も、時折葉が陽に照らされて黄金色に輝き、梢のなかを冷たい風が吹き抜けるたびに、色褪せた葉がいくつか重なり合って落ちていく。下のアスファルトの上にイチョウの葉がふんわりと降り積もっている。

「明日香さん、ごめんね。無理を言って……せっかくの休みなのに……」

なつみはぐっと地味な服装で現れた。黒の帽子を目深に被り、サングラスをして、はきなれたジーンズと黒いダウンのジャケットを着ている。街角でよく見かける、若い女性のごくありきたりの格好である。明日香にはまるで別人のように見えた。

「ああ、吃驚した？この格好？みんな、アイドルも普段はこんなもんよ」

「あ、いいえ……なつみさんこそ、お疲れさまでしたね。おかげですっごい人数だったし、大盛況で、みんな喜んでいたわよ」

「ああ、先週の未来広場まつりのことね……明日香さんのピアノ伴奏もよかったわよ。楽譜を見ただけで弾けるって周くんがいつも言っていたけど、本当なのね。すごいわ！」

「…………」

二人は注文を聞きに来たウエイトレスに、日替わりランチコースを頼んだ。今日のランチコースの献立は和風ハンバーグである。メニュー表の写真を見ると、美味しそうな目玉焼きとトマトソースで和えたパスタが添えてある。結構カロリーが高そうなので、ライスは頼まず、カボチャのスープとサラダバイキングをつけてもらうことにした。珈琲はお代わり自由で、ゆったりできそうな店である。

「で、なつみさん……話って？」

ウエイトレスが去っていくと、明日香はすぐになつみの顔を不安そうに眺めた。何か重大発表でも聞くような怯えが明日香のなかで悲鳴をあげている。

「ええ……わたしたちって中学生の頃はあんまり話さなかったけど、なんか、あなたとも友達になれたらいいなあって思ったの……っていうか、明日香さんのこと、わたしすっごく気になっていたのよ。以前から。今日と明日は骨休みをしてもいいってマネージャーも珍しく言ってくれたから、それで……あなたに連絡したというわけ」

「えっ？どういうこと？わたしのことが気になるって？」

「ええ、お節介かもしれないけど、あなた周くんのこと、誤解していない？ほら、前からあなたと周くんはとにかく仲が良かったでしょ。わたし、高校生のころも三度ほど金曜パトロールに来たけど、いつも二人でいたじゃない？すっごく楽しそうで温かい感じで……わたし、羨ましかったな？わたしにはそんなボーイフレンドはいなかったから……」

「……そんな………」

「それに、わたしたち『武蔵野MSB48』も気合を入れて頑張ったけど、コンサート終盤の周くんのソロコーナーが始まったら、集まった人たちも急に静まって……『モルダウ』を聞いたら、ああ負けたって思えて、わたしたちはショックだったわ……だって『モルダウ』って、もう古い合唱曲で、ダサイ！と思っていたけど、なんにも古くなんかなかった！おじさんたちも若いころに歌っていた記憶が呼び起されて喜んでいたし、若い人たちも聞き入っていた……しかも会場にいる人たちが口々に歌い始めたじゃない、思わず歌いながら涙している人も……会場に入りきれないくらいの熱気でむんむんしているなかで、独特の雰囲気ができ上がっていた……あんなふうにわたしも会場の人たちの心をつかむ歌手になりたいなって思った……」

——それがなに？……だから？

明日香は長々と話し続けるなつみが、いったい何を言い出そうとしているのか、まったく理解できなかった。

先週、大泉公園で行われた未来広場まつりは五〇〇人以上の参加を超え、パンフレットも午前中になくなり、食べ物を扱う模擬店は午後早々に売り切れとなった。

オープニングコンサートでは、なつみたちの特別出演コーナーが多くの人たちを熱狂させ、たくさんの拍手や励ましの声も飛び交った。こんな地元のおまつりにアイドルが来るなんてと物珍しい思いでいた人たちもいつの間にか引き込まれていた。商店街の会長と実行委員が大きな花束をメンバーの三人に渡して労をねぎらっていたときの、割れるような拍手は明日香の心を突き刺した。しかも会場からも思い思いの花束を抱えたおじさんたちの列が続いたのだ。なつみたちの特別出演が未来広場まつりのオープニングコンサートを大いに盛り上げる要因になったことは誰の眼にも明らかだった。

だが明日香のわだかまりは、なつみたちの舞台の最後に繰り広げられた周となつみのサプライズのデュエットが始まったころから、決定的に膨れあがった。いつそんな話がまとまったのか、明日香は全く知らされていなかった。「いつでも夢を」という昔の歌謡曲だが、前日に楽譜が渡されて、突然決まったのだと松崎は言った。最もコンサートを盛り上げるためにこうした文字通りのサプライズはよくあることには違いなかったが、手をつなぎ身体を密着させて、踊りながら歌う二人の息の合った姿は、明日香をいきなり打ちのめした。辛うじてピアノ伴奏は最後までやり切ったが、しばらくは雷に打たれたように立ち直れなかったのだ。

――やっぱり……本当は周のことが言いたいの?

もし、そうならもう手遅れだという気がした。まつりが終わってからも、明日香はなつみと周が絡み合って歌う姿が目の前にチラついて、どうしても素直に周と言葉を交わすことができなかった。周と偶然すれ違っても、気まずい空気が流れ、ろくに話もせずに帰ってしまっていた。今日までで、メールは三度ほど周から入ったが、いまだに一つも返信もせずにいる。なつみからどうしても話したいことがあると連絡を受けたのは、昨日の夜だったのだ。

なつみと今ここで周の話はしたくないと思えて、明日香はなんとも切なかった。

「…………」

黙ってうつむいた明日香に、刺すような視線を向けてなつみはため息をついた。

「明日香さん！周くんは何も話していないのね？サプライズのこと……」

「なんのこと？わからないわ！」

きっとなって顔を上げるとなつみを睨むように明日香は言い放った。胸に突き刺さった光景がまた明日香を襲ってくる。

「あんたたち、どうして……そんなにややこしいのかな？」

なつみは苛々した様子で首を傾げた。

「えっ？なつみさんとのこと……」

「だからさ、勘違いだっていうの！」

「勘違い？何が？…………」

「周くんはね、あのサプライズはやりたくないって、はじめは頑としてやるって言わなかったのよ。それをマネージャーとわたしで無理に説得したの。あなたには悪かったけど」

「…………」

「周くんはね、あなたに誤解されたくないからって言ったの。それを聞いたときわたしはすぐわかったわ！きっと周くんにとって、あなたは一番大切な人なんだと……でも周くんは今度劇団のオーディションを受けるらしいじゃない？そんな人が誰かと一緒にコンビを組んで踊るくらい、尻込みしててどうする？って、マネージャーがねじ込んだの。それで渋々承知してくれたのよ」

「そうだったんですか……でも一番大切な人っていうのは違うわ！」

「えっ？どうして？」

「だって……だって！わたしのこと曼珠沙華みたいだって周は言ったのよ」

「曼珠沙華？あの、彼岸花のこと？」

「そう、じめじめしているところで咲いている……あの寂しげな花」

「…………」

なつみは、明日香の言っている意味をはかりかねて呆然とした。

「ほら、なつみさんだって、あんな頼りないキモイ花って思ってるでしょ！」

「そうかなあ！どんな時に言ったのかによるけど……でも言えることは、周くんはあなたに惚れているってことじゃないかなあ。ふふ、悔しいけどね……彼岸花のことはわからないけど、周くんが言ったことならきっと何か別の意味があるのよ」

「そ、そんなこと絶対ないわ！だって！」

明日香はなつみにたたきつけるように声を荒げて言った。

「…………」

いきなりなつみはうつむいて立ち上がった。

ちょうどそのとき、ランチメニューが運ばれてきた。

温かいカボチャのスープにパスタと目玉焼きを添えた和風ハンバーグ、それとサラダバイキング用の空のサラダボールがテーブルに並べられた。サラダは奥のバイキングコーナーで自由に具材を選んで取る仕組みになっている。

「あ、先にサラダを選んでて……わたしちょっと化粧室に……」

心なしか、なつみは目を赤くうるませているように見えた。

——なつみが？周のことを本気で？まさか！

なつみには明日香と周の間に、前触れもなく割って入ってくるような気配がずっと漂っていた。しかも周がなつみに惹かれていく様が明日香には漠然と見えるように感じていたのである。それが明日香をこの上もなく怯えさせていたのだが……。

だんだん気持ちが落ち着いてきた明日香に比べて、なつみは急に動揺してきたように映っていた。

なつみは化粧室から戻ると、サラダを取りに行き、すぐに食べ始めた。

「なんかさあ、男性には明日香さんってほっとけないっていう感じがあるんじゃないかな。一緒にいたいっていうか……わたしが言うのも変だけど……」

明日香も負けじとサラダを頬張った。

「そんなことないわよ。なつみさんこそ、一緒にいたい、いると楽しいって誰からも好かれるんじゃない？わたしなんか……」

「ああ、このハンバーグ美味しい！ライスをパスしてよかったわね。このボリュームだもの。おなか一杯になっちゃうわ」

「……ほんとね……」

「でも周くんって、はっきり言って女性に持てるタイプだから、明日香さんもちゃんと周くんのメッセージを受け止めてあげないと、すれ違いが多くなって、そのうちどこかに飛んで行っちゃうんじゃない？」

「……うーん、そうかな」

　カボチャのスープを飲み干すと、明日香は曖昧に首を傾げた。

「気になったら、調べてみたら？　曼珠沙華の花言葉とか、別名とか……たくさんあるみたいよ……ネットで見ればすぐにわかるんじゃない？　まあ、そんなこと気にすることないんじゃないかって思うけどね」

「なにかメッセージだとか？」

「うーん、そう思うけどね……わたしはわからないけど、直接本人に聞いてみたらいいじゃない、そんなに気にしているんなら……でも、周くんはこれから劇団に入れたらいいけど、それはそれで大変ね。アイドル仲間でも引きこもり傾向の子はなかなかみんなに馴染めなくて苦労するみたいだから……」

「えっ？　そうなの？」

なつみはほぼ食べ終えるとナフキンで口を拭い、窓の外を眺め、さらにしんみりした口調で言った。

「自分でいろいろ思い込んで、空回りして脱落していくっていうか、自分から辞めていくのね。周りに心配かけているのに、自分だけ挫折したと思い込む……いや、こんな話やめましょう……周くんはあの歌唱力があればやっていけると思うから」

「…………」

――自分で思い込む……。

明日香はなつみの言うことに激しく胸をつかれた。

こうして冷静に考えてみれば、周とはきちんと話し合ってもいなかった……なつみとのサプライズの一件も、曼珠沙華のことも……。

――自分の独りよがりな妄想なのか？

コースの最後の珈琲が届けられた。

自家製焙煎の香りがテーブルに匂い立った。

「じゃ、珈琲をいただいたら、わたし、もう先に行くね。せっかくお休みをもらったと思っていたら、早速呼び出しのメールが入っていたから……ＴＢＳのディレクターに挨拶に行くんだって！めんどくさいけどね、まったくアイドルもつらいわね」

なつみは携帯を明日香に見せるようにかざすと、もう笑っていなかった。

きっちりといつものアイドルの顔になって、改まって言った。

「明日香さん、今日はありがとうね。でも周くんみたいな、あなたとめちゃしっくりする人を大切にしてね……本当はこんなこと言いたくないけど……やだ！わたし、何言ってんだろう！お節介というか、変にいい子ぶって……もう！……じゃ、またね」

来た時と同じ帽子を目深に被りサングラスをすると、ダウンジャケットを羽織ってなつみは勢いよく立ち上がった。いつの間にかなつみは来た時より颯爽としていて、自信溢れる歩き方になっていることに明日香は気づいた。

「……こちらこそ……」

明日香はまるで独り言のように、小さくつぶやいた。

そして、どんどん視界から遠ざかっていくなつみの後姿を、眼で懸命に追っていた。

二

翌日の昼下がり、明日香は日比谷駅に向かっていた。風は冷たかったが、空は青く澄み渡り、穏やかな日射しが道路に反射して眩しいくらいである。朝の冷え込みが厳しかったので、ベージュのダウンコートの下は厚着をしているため、明日香は歩きながらセーターの下が汗ばんでいるのを感じていた。周とうまく出会えるだろうかという不安はまだ拭い去ってはいなかったが、昨日よりはずっと足取りが軽かった。ＪＲの改札に二時に周と待ち合わせているのである。駅に向かう道は日曜日の日中だからかとても混雑していた。家族連れや若いカップルなど、急ぎ足で行き交う人たちで溢れている。

昨晩、周にメールを送ると、すぐに待ちかねたような返信が届いた。午前中はゼミが急遽はいったので、そのあとなら会えるという返事だった。明日香はモーツァルトの公演を見た後に入った、日比谷のイタリア料理店に行きたいというメールを送ると、ランチをそこで食べようということになった。

「明日香、お腹がすいちゃうかもしれないけど、その店のランチもなかなか美味しいんだよ。僕も終わったらすぐ行くから待っててくれないか。二時なら絶対行けるから。そこは三時までランチタイムやってるから、心配いらないよ」

弾んだ調子で周は電話もしてきた。明るい周の声にとりあえず明日香は胸をなで下ろした。自分の思い込みで周に嫌な思いをさせたかもしれないが、こんなことで離れてしまうのはあまりに寂しいと思っていたからだ。

「あっ！周くん……」

日比谷駅の改札に向かってホームの階段を降りてくる人の波が見え、その中に会いたい人の顔を見出した。カーキ色のジャケットにブルージーンズ、肩から下げた大きめのバッグ、いつもの癖で手を軽く上げて会釈する周の見慣れた笑顔が、明日香の瞳に飛び込んできた。

改札を通るといきなり、周は立ち尽くしていた明日香の両手を握って言った。

「ああ、明日香……会いたかった！」

明日香は周の切羽詰まった顔を見ると、たまらなくいとおしさが溢れ、自分から周の胸に倒れかかって行った。

「周、ごめんなさい……わたし、勘違いしてた……」

周は脱力して、眼を閉じた明日香を抱きとめると、そっと耳元で囁いた。

「明日香……みんながにやにやして見ているよ……とにかく店に入ろう……おなかペコペ

コだし……さ、歩こう！」

明日香ははっとして、いったん周から離れると、くすくす笑っている学生風の男女の群れが眼に映った。それでも明日香は、そのまま周に寄りかかりながら腕を組み、歩き始めた。

――曼珠沙華……。

明日香は昨夜、なつみに言われたことを思い出し、この花をくわしく調べたのだ。

――花は葉を思い、葉は花を思う……。

曼珠沙華は相思花だそうだ。しかも気になる花言葉は「想うはあなた一人」である。そのことを周は知っていたのだろうか……。

明日香はそのことを、あのイタリア料理店の壁にかかっていた巾着田の写真の前で周に問いただしてみたいと思っている。

Ⅵ　未来広場のある街角

一　密告

一

「あれ？　君、どうしたの？　何処へ行くの？」

若いサラリーマン風の男がふらっと女子中学生に声をかけた。

紺色の制服を着て進学塾のロゴ入りのカバンを肩にかけ、スカート丈は短く、白のルーズソックスをはいている。背後から若い男は、すり寄って来たように見えた。

少女はいかにも憤りを隠せないとでもいうような大股な足取りで、浜崎駅に背を向けた方向に雑踏のなかを突き進んでいる。

「おい、おい、そのカバンの塾は反対方向じゃないの？　三谷予備校でしょ。君、中学生？……それとも高校生かな？　もしもし？」

急に呼び止められた葛城美保は、額に被さってくる乱れた髪を掻き上げようともせずに、前方の一点を見据えながら、その若い男を無視して、足早に通り過ぎようとしていた。

一二月が間近の冷たい北風が吹き始めた夕暮れ時の四時過ぎである。駅前の道路は沢山の人の波で、溢れかえっている。全くの赤の他人なのに、世の中にはとんでもないお節介な人がいるものだと美保はあきれながら、足をますます速めていく。

「おーい！待てったら……」

男はいきなり美保の前に飛び出すと、両手を広げてストップの合図をしてきた。

「黙って！おじさん、何者？……そこどいて！」

「俺はあやしいもんじゃないから、落ち着いて……」

「え？……どっかの先生のつもり？それとも警察？じゃ、警察手帳あんのかよう……」

髪が乱れているせいで、少女の顔の半分が見えない状態だったが、素顔のままのとんがった唇が、まだあどけなさを残している。髪の間からのぞく両眼はすわっていて、奥に冷たい光を湛えている。

「いや、俺はそこの『浜崎市生活自立支援センター』の職員で、松崎守。ちょっと気になったから声をかけただけ……何かあったの？なんなら相談に乗るし……センターに入って話を聞くよ」

美保が視線を移すと、男の指さす方向には大きなビルが建っていて、『浜崎市生活自立支援センター』と看板が出ている。

美保は立ち止まったままため息をつくと、怪訝な顔で守を睨んだ。

「おじさん、ほっといてよ！関係ないし……」

「ああ、知らない人についていかないってか？世の中そんな悪い人ばっかりじゃないだろ……じゃ、どうしても疑うんなら、ここで別れるけど、大丈夫か？今の君、言って置くけど……メチャクチャ隙だらけだよ……それに俺、おじさんじゃないし」

もう松崎は穏やかな表情を見せて笑っていた。日に焼けた顔に白い歯が光って爽やかだ。そのまま美保に背を向けると、直ぐに支援センターの自動ドアの奥に吸い込まれて行った。

「……………！」

美保は一瞬、あっけにとられた顔をしたが、はっとして直ぐにまた歩き始めた。

――今の人……何？隙だらけだって？このわたしが？……。

以前より美保は上背があり、同級生からも年上に見られるため、高校生と間違われることが多かった。再び足の速度をあげていきながら、美保は、自分の意志と無関係に進む足の動きを感じていた。

美保が一〇歳の頃、父親の葛城慶一郎に勧められてクラシックバレエを習っていた時期がある。長時間のきつい柔軟体操にとうとう音をあげた美保に、慶一郎は励ます代わりに「赤い靴」や「アンナ・パブロワ」というリバイバルのバレエ映画を観に連れて行ってくれたことがあった。そのときのことが不意に脳裏に浮かんできた。

「赤い靴」では不思議な力でうまく踊れる赤いバレエシューズに憧れて、すっかり魅了されたバレリーナの主人公の足から靴が離れなくなるというストーリーで、昼も夜も踊り続ける後半のシーンにはとても怖いものを感じた。暗い怨念のような、凄まじい願望のような不確かなものに主人公が翻弄されていくシーンが衝撃的であったからだ。今の自分もそれと同じで、足が勝手に動いていく感覚が抜けないのだった。

「アンナ・パブロワ」は帝政ロシアの時代を駆け抜けた天才バレリーナの生涯を描いた映画で、第一次世界大戦勃発の頃の事件も織り交ぜていて、ストーリーは一〇歳の美保には難しかったが、まだアンナが幼い頃、身体が弱いと言われてバレエをやめるか悩んでいたとき、夜中にそっと冷水を身体にかけて、泣きながら強くなりたいと願うシーンがあった。不思議とその部分だけが鮮やかに、美保の記憶に焼きついている。結局、美保は中学生になったときに、父親への反抗心からバレエはきっぱりと止めてしまったが、辛かったレッスンの記憶が映像と重なり合って、美保の心に未だに大きな影を落としている。何かを求め、その思いを全うするために、全身で立ち向かって行く……その熱い燃えるような情熱を美保は忘れることができなかったからだ。

何かに憑かれたように美保は、足を更に速めて歩き続けた。

いつの間にか辺りはすっかり夕闇に包まれて、次第に寂しい公園地帯にさしかかってきている。付近を歩いている人たちがまばらになり、美保の眼に建物や木々が暗く沈んでいる。街灯の明かりだけが、かろうじて足元を照らしている。住宅もまばらになり、犬の鳴き声がもの淋しさをかもし出している。

しばらく過ぎると、公園の片隅に青のブルーシートが下がっている一角に突き当たった。大きな欅の木の下である。少し大きめの何かの小屋のように見える。木の枝に洗濯紐を渡して掛けているタオルが北風に煽られ、ぼうっと白く浮き上がって見えている。古びた一輪車も二台立てかけてあり、その横には段ボールの箱が畳んだまま積み上がっている。紙紐できつく結わえてあるものもある。雨にかからないように、ビニールのシートで覆ってあった。

と……そのとき楽しそうな笑い声が、小屋から洩れ聞こえて来た。中で何か煮炊きをしているのであろう、煙と味噌汁のような匂いが、風に乗って運ばれてきている。餅を焼いているような香ばしい匂いもしている。

美保は急に自分が空腹であることに気づいた。

——あ、ここだわ……。

美保は始めて自分から足の動きを止め、大きく深呼吸するとその小屋に向かってゆっくりと進み始めた。

二

教頭の藤野真人が恐る恐る口火を切った。

「校長先生、どう対処しますか?……そろそろ……」

そろそろ結論を出しましょうと言おうとしたが、藤野は舐めるように周囲を見渡すとため息をついてそのまま口をつぐんだ。眼が細く頭上が禿げかかっている。瘦せぎすで神経質そうな眼が不安げに泳いでいる。

「ああ…………」

池上校長は生返事をして、目をつむったまま動かない。

蒔田中学校の会議室はもう一時間余りも、異様な雰囲気に包まれていた。二学年の教師たち四人と教頭、校長の六人が互いに顔を見合わせて、半ば睨み合っていたからである。

藤野は前方にかかっている時計を見ながら、押し黙った。

「…………」

池上が眼を開いて瞬きした。柔和な顔が今日はこころなしか、不自然に引きつって見える。

「校長先生、もう一度事実をきちんと確かめてから、学年で対応策を考えるということではいけませんか？」

向かいに座っていた西原光子は、思い詰めたような表情で言った。

「まあ、学年主任の西原先生がそう言うならね……だが、間違っても本校は葛城美保の家とことを構えるわけにはいかないよ……」

「それでは結論はもう出ているではありませんか！」

光子の右隣にいた同学年の近藤美里は思わず叫んだ。

「まあまあ、近藤先生、ここは穏便に……」

藤野がなだめるような口調で言った。

「しかし……僕も本当はまだ信じられないんです。あの葛城美保がそんなことするでしょうか？」

真崎利光は頭を傾げてつぶやいた。

藤野が若い教職二年目の真崎を睨んで、ため息をついた。

「しかし、真崎先生、これは由々しきことですぞ。本校でいじめが発覚したら、マスコミの餌食にもなりかねない……その上、首謀者があの葛城美保だとしたら！大問題になる」

池上が困惑した表情で光子の方を向いて言った。

「つまり、密告してきた佐伯凛を信じるのか、葛城美保を信じるのか……だが？ところで担任の立場から、西原先生はどう判断したのですか？」

「まあ、正直言いますと美保はわからないところのある子です。父親が民政党の議員だということもあり、幼い頃からとても厳しく育てられたようです。母親との関係も小学校の頃はかなり反抗的だったようです。学力は申し分はありませんが、友だちにも信頼が薄いのです。ですが……佐伯凛もまた陰のある子です。以前は二人仲良く遊んでいる時期もありました。もう少し様子を見て、結論を出したいと思います。いじめられているという佐々木真奈美も落ち着きがなく、よく嘘をつくと他の子から訴えのある子です」

「ま、なんかかんか、いまどきの子にはあるでしょうが……学校としても真奈美の保護者から告発されれば、ほっとくわけにもいかないのです。真奈美は学校に行きたくないと母親に訴えているそうじゃないですか」

「真奈美に死ね！と書いたノートを渡したのは美保だと凜は言うのですが……それが本当のことなのか、何も確証がないですし……体操着をトイレの便器に突っ込んだのも、誰かが目撃していたわけではないのです。すべて、凜の密告から出発したことなのです」

池上は光子の話を聞きながら考え込んでいる。

すると、再び藤野が苛立った様子で言い始める。

「西原先生、いっそのこと美保を呼び出して、かまを掛けてみたらどうでしょう……白状するかもしれないですし……」

「藤野先生、美保はそんなことで口を割る子ではないと思います。第一、やってなかったら、徹底的に美保を傷つけることになります。そうなると保護者の耳にも入るわけですし、父親が黙っていないと思います。一悶着では済みません……」

藤野は腕を組んで考え込んだ。

再び真崎が、光子に向かって言った。

「そういうことってわからないままになってしまうこと、多いですよね。西原先生」

「真崎先生、だからといってうやむやにしていいわけがありません……やはり指導すべきです」

藤野は校長の方を見ながら、真崎に向かってぴしゃりと言い切った。

「指導と言うと聞こえはいいですが、この場合犯人捜しですよね。美保がやったのか、そうでなければ誰なのか、結局曖昧になる確率が高いのではないですか！」

美里は同学年の真崎が、明らかに藤野に小馬鹿にされていることにかなり気分を害していた。指導という名のもとで生徒を枠にはめ、はみ出す者は厳しく取り締まるという風潮が最近強くなっていることも、その怒りに拍車をかけていた。

「まあ、西原先生にここは任せましょう……ただし、きちんとわたしらに報告してくださいよ。実際、責任を取らされるのはわたしだからな……」

校長は藤野と頷き合うと席を立って、会議室から出て行った。

三

「おう！美保ちゃん、よう来た！遅かったね……」

威勢のいい声が美保を迎えた。入り口のブルーシートをたくし上げ、小屋の中に顔を出した美保に、直ぐに声をかけたのは一番年長らしい野宿者の高橋銀吉だった。七〇過ぎていると聞いたが、背が高く精悍で、若々しい体つきでせいぜい六〇歳代にしか見えない。背筋もしゃんと伸びていて、野宿者たち仲間の中ではリーダー格のようである。

「銀さん、ごめんなさい。ちょっといろいろあって……」

「おや、後でそれ聞かせてよう！美保ちゃん、なんなら相談に乗るよ」

高橋はこの小屋で、野宿者四人で共同生活を営んでいる。

なかは思ったより広く、奥には布団や毛布が積み上げられている。その傍らには着替えや日常の生活用具がしまってあるのだろう、物が詰まった段ボール箱が積んである。大きなテント地を使って欅の木に括り付け、小屋に仕立てている。中のビニールシートの上に古びた絨毯と茣蓙を敷いて、寝泊まりしている。真ん中に携帯用のガスボンベを使った小型のコンロが取り付けてある。コンロの金網の上にお餅が六きれほどのって、美味しそうな焦げ目も出来始めていた。

「おお！ちょうどいいところに来たね。お餅焼けてきたし……お客さんからお食べ。さあさあ、美保りんもそこに座って！美味しいよ。恵ちゃんがもらってきた高級品だよ」

陽気な話し方をする野宿者、佐藤一平が嬉しそうに声を上げて美保を迎えた。佐藤は昔のアイドルに同じ名前の子がいたと言って、美保を美保りんと呼んでいるのであった。佐藤はまだ若く五〇歳を越えたばかりで表情がいかにも若々しい。恵ちゃんというのは小柄で上品な面差しの六〇歳代の野宿者で、山田恵介のことである。山田、佐藤、高橋、それに三笠良吉がこの小屋の住人だ。三笠良吉は四人の中では一番背が低く、生気がなく痩せ細った感じの野宿者である。

「美保ちゃん、良ちゃんは何歳に見える？六〇歳？七〇歳？八〇歳という人もいるけど、これでも一番俺らより若いんだよ……」

高橋が美保に三笠を紹介しながら笑った。

「おい、銀さん……もうその話はやめだ！早く食べよう」

顔を曇らせた三笠を横目で見ると、山田が言った。

三笠は病気持ちで心労が重なり、白髪でかなり老けて見えるが、まだ四〇半ばだと美保は聞いたことがあった。入り口近くに座っていた野宿者の山田、三笠がゆっくりと立ち上がり、美保のために場所をつくると、奥から赤い花柄の座布団を持ってきて置いた。

戸惑って入り口に立ち竦んでいる美保に、支援センターの責任者の巻村友紀が声をかけた。隣に来て奥の方に座るようにすすめている。

「もっと奥がいいわよ。寒い風がこないいし、煙も少ないわ……」

「あの……森なつみさんは……今日なつみさんに言われてきたんですが」

美保は小屋の中を見渡しながら、心細そうに言った。美保はソフトボール部の三つ先輩の森なつみに誘われて来ていたのだ。高橋銀吉と佐藤一平、巻村友紀と高校生の森なつみは以前蒔田中学校に来て、美保のクラスでホームレスの理解を深めるための授業をしてくれた。その折になつみが三人を紹介してくれたので顔見知りだった。しかし同居人の山田と三笠のことは話に聞いていただけで、顔を合わせるのは初めてである。

「おねえちゃん、がちがちに緊張しているよ。可哀想に……変なおっさんの所に来たって言う顔だぁね……」

「違いねえ！」

山田と佐藤が顔を見合わせて笑ったが、高橋はふたりをなだめるように言った。

「おいおい、そんなこと言うなよ。失礼だろう？美保ちゃんだって吃驚しているじゃないか……」

友紀は美保の警戒心を解こうと、穏やかに言った。

「ああ、そろそろなつみさんたち二人が来る頃よ。少し遅れるって言ってたから……先にやっててくれと言うことらしいわ。さあ、美保さん、座って、座って！」

美保はこのとき友紀の明るい笑顔を見て安堵した。こんなむさい男ばかりの場所で、友紀もいなくて自分ひとりだったら、やはりとても入りたくないと思っただろうなと考えたからである。いけないとは思っても、こういう人たちに関わりたくないという思いが、急に喉元に突き上げてきた。

壊れかけたテーブルの上にベニヤ板をのせただけのテーブル。その上に使い捨ての皿が並べられている。醤油、砂糖、のりと……一通り調味料も高橋が段ボール箱から出して運んできた。洗って乾かした割り箸が、コップにいっぱいさしてある。

ふと見ると、網の上の焼き上がった餅は大きさも形もばらばらだった。

「おい、恵ちゃん、この餅どうした？やけに細っこいじゃないか」

前歯がすっぽり抜けている三笠がそっと尋ねると、山田は得意そうに笑って言った。

山田は少し腰が曲がっていて、猫背でずんぐりしている。

「ああ、今日はうまくいかなくてさあ、仕事にあぶれちまって、百円しか稼げなかった……それで仕方なく日本料理店『秋吉』の厨房をのぞいたら、マスターが袋に入れた餅の切れ端をくれたんよ……」

「ああ、あのマスターはいい人だなあ……笹島さんと言ったな」

「そうそう、偉ぶらないし、一流日本料理店なのに、俺らにも気さくに話しかけてくれる。有り難いもんさ」

「ほんとなら、俺らは疎まれて追い出されたり……蹴飛ばされたりが関の山だしな……」

高橋が皿に焼けた餅をのせて、のりと醤油を指さした。

「美保ちゃん、焼きたて、うまいから食べな」

「ありがとうございます」

美保は空腹だったことを思い出し、皿を受け取ると、細長い餅を口の中に放りこんだ。

「あっちっち！」

焼けて膨らんだ餅は口の中で熱くとろけて、美保の喉に張り付いた。

野宿者たちは美保を案じるように一斉に見つめて微笑んだ。

「あ、美保さん、ウーロン茶あるから飲んで！ほら、これで喉を潤して」

友紀が紙コップにウーロン茶を、急いで注いで渡した。

「ごめんなさい……大丈夫です」

美保が笑顔を向けると、みんながどっと笑った。

めいめいの皿に餅を載せ、みんなフウフウ言いながら食べ始める。

「やっぱ、伸びが違うなあ！これ！」

佐藤が勢いよく言った。

「これは新潟産だね……子どもの頃、よく食べたなあ……」

山田は遠くを見るような眼をしてつぶやいた。

「ああ、恵ちゃんは新潟生まれだったよね」

三笠は山田を励ますように言った。

「そうそう、米どころだものね……コシヒカリ……」

高橋が相づちを打ちながら、また網の上に新しい餅を並べている。これは今晩唯一のご馳走なのだ。

そのとき森なつみと松崎守が入り口のブルーシートをめくって入ってきた。

「あ！ああ！……君は！」

「ええっ！こんなことあり？」

大声を上げたのはむしろ、美保の方だった。先刻、浜崎駅前でしつこく声をかけて、まとわりつこうとした若い男の顔が再び浮かび上がったからだ。

「あら、美保さん、松崎君知り合いだったの？なかなかイケメンでしょ」

奥から座布団を二つ探して持ってきた友紀が驚いて叫んだ。

二　野宿者たち

一

寒々とした週末の始まりだった。

民政党の国会議員を務める慶一郎は浜松の後援会主催の演説会に出かけ、母親の葛城玲子は横浜の後援会の集まりがあるからと、美保の枕元にメモを残して姿を消している。美保のたったひとりの兄、葛城隆三は昨年からロンドンの大学に留学していた。広々とした家の中は美保の他には誰もいない。時折、近所の犬が吠えたり、車のエンジンの音がするだけで、閑静な住宅街の中にある家は静まりかえっていた。

美保はようやく眠りから覚め、ベットの脇のサイドテーブルの上に置いた時計に眼を移した。昨晩は友紀に松崎を紹介されて驚いたが、一緒に小屋で話してみると、美保の誤解だったと理解できた。学生の頃から金パトに参加していた友紀の同僚だったからだ。

――ああ、もう一〇時になるんだわ。

そろそろ通いの家政婦が来る時間である。村岡昭子というその中年の家政婦は、留守が多い美保の両親を気づかって、美保にも細かく世話を焼く。それが近頃は両親に言い含められているようで、何かと質問して動向を探ってくるのが美保にはかなり鬱陶しかった。だからなるべくこうした誰もいない週末は、美保にはずけずけと物を言う昭子を避けて、何処かに出かけていくことにしていた。

――ほっといてくれるのが、一番なんだけど……。仕方ないのかな?

そう思いながら、ぐずぐずと布団にくるまっていると、しばらくして階下で玄関の鍵を開ける音がした。果たして昭子が中に入ってきたようだった。買い物袋を下げたまま、二階の美保の部屋に上がってくる。毎日家に到着したら、まず美保の様子をうかがうのが彼女の習慣になっているらしかった。

「あら、お嬢様、いらしたんですか！静かなので、どなたもいらっしゃらないかと思いましたが……」

四〇代半ばで、昭子は若い頃は美人だったのだろう、目の大きな人なつっこそうな顔に眼鏡をかけている。その眼の周りには、老いを感じさせる薄いそばかすが浮いている。

茶色のウールコートを抱え、息を切らして昭子は立っていた。

「……もう朝ご飯は召し上がってますよね……なんなら、何かお作りします?」

今日の昭子は言葉に少し、棘があるようだ。相手の返答も聞かずに先回りしようとする、その畳みかけるような物言いが、美保には煩わしかった。

「ああ、もう食べたわ。昭子さんはわたしにお構いなくね……」

というなり、美保はベットの羽毛布団を頭からかぶった。

「…………」

母親の玲子がいるときはもっとしつこく美保を起こそうとするのだが、今日の昭子はあっさり引き下がった。美保がそのままじっと動かずにいると、階下へ降りていく昭子の足音が聞こえてきた。

「美保お嬢様、お友達が見えましたよう！」

階段の下から、昭子の呼ぶ声が聞こえている。美保は小一時間ほどすっかり寝込んでしまったようだ。やれやれと思いながら起き上がった。いつものようにそろそろ出かけることを考え、外出用の黒のウールパンツと、澄んだ青色の雪の結晶の刺繍がアクセントの白いとっくりのセーターを着こんだ。

「誰？今頃？……いま行きます！」

玄関で、昭子が誰かと話しているのを聞きながら、髪をなでつけ、顔に保湿クリームを塗り、階段を急いで下りていった。美保は冬場は乾燥肌で、毎朝保湿クリームを塗らないとバリバリにひび割れてしまうのだ。美保の透き通るような肌が、クリームに馴染んで艶が増した。

「佐伯さん、佐伯凜さんでしたっけ……」

昭子が黄色のエプロン姿で、美保の方を振り向いて言った。

凜は寒さのせいか、小柄な身体を小刻みに震わせながら立っていた。少し大きめのグレイのダウンコートにくるまっている。また、お洒落な女の子らしい鮮やかな紫のマフラーをしていた。美保と違って眼も細く、えらの張った意志の強そうな顔は美保よりもずっと年上に見える。

凛は美保とは同学年で同じクラスではないが、部活で一緒の時期があったので、何度か付き合ったことがある。凛と同じクラスの佐々木真奈美と三人で、放課後ゲームセンターに出入りしたこともあった。それがいつの間にか学校に知れ渡り、三人とも注意を受けることにはなったのだが、友だちの少ない美保にとっては楽しい体験だった。その後は二人とはほとんど遊んでいない。校内で時々顔を会わす程度である。それほど気があった関係でもなかったので、自然な成り行きで最近は遠のいていた。最もお互いに進学塾に通うこともあって、余り会う時間もなかったのだ。

「美保、今、時間ある?」

「どうしたの?凛……いきなり……」

「ちょっと話があるんで、出れる?」

「ああ……いいけれど、どんな話?」

「………後で話す……」

美保は今日のように休日の昼に、凛が唐突に来たことが全く解せなかった。凛が個人的に家に来るなんて滅多になかったからだ。

――今頃何？　わたしに何の用？

「立ち話も何でしょう、お嬢様、入ってもらったら……それともお出かけですか？」

躊躇している美保の後ろで、昭子が助け船を出した。確かに、このまま腹の探り合いをしていても仕方がないのかもしれないと思われた。

凛は美保の曖昧な様子を眺めて、そのままじっとしていた。

美保と凛は、浜崎駅前の『ドール』という喫茶店に入って話した。『ドール』は気楽に学生たちが入っても楽しめる店で、飲み物が百円均一だった。中はゆったりとしていて、落ち着く店である。結構込んでいたが、窓際のコーナーに空席があった。

もともと凛は美保にはいつも距離を置いているようなところがあり、とっつきにくかったが、今日は特に陰気で何かを隠している風であった。二人は喫茶店に入るまで一言もしゃべらずに、歩いていったからだ。

向かい合って座ると、凛が口を開いた。

「美保さあ、ちょっと聞いたんだけど、昨日、西原先生に呼び出されなかった？」

「えっ？　どうして……」

「真奈美が見たって言っていたから……何の話だったの？」

「まあ、たいしたことじゃないわ。誰かがわたしのことを密告したらしいって……」

「それで？」

なんでわたしが凜に報告しなくちゃいけないのという思いが胸をよぎったが、美保は素知らぬ顔で答えた。凜の真意がわからない以上、会話をすすめなければ……と思えた。

「ある二年女子生徒がいじめに遭っているらしいけど、何か思い当たることあるか？って」

「それで？　美保はなんて言ったの？」

「ありませんと言ったかな……そのいじめられている女子生徒は体操着をトイレに投げ込まれたり、ノートに死ねと書かれたりしたんだって、明らかにいじめだからあなたもそれについて知っていることがあるんなら、話してくれないか……と言われたけど、全く身に覚えがないし……やっぱ、むかついたかな……本当はわたし、西原先生は好きだけど、なんか昨日の先生は嫌だった……」

「そう……」

「……」

そのまま会話が途切れ、二人の間に重苦しい時間が通り過ぎた。

「あ、凜の話って、ひょっとして……?」

凜は珈琲を一気に飲み干すと立ち上がった。

「じゃ、美保、もういくね……わたし」

ダウンコートを着こむと凜は逃げるようにお金を置いて、ドアから出ていった。


美保は凜の不審な行動には、やはり合点がいかなかった。

——どうして?……何ヶ月も音沙汰なかった凜が突然尋ねてきたのか?

自分が密告されたことも、西原先生に呼ばれたことも、誰にも話していない。西原先生もこのことは、しばらくは伏せておくと言っていた。真奈美が見たといったのは、本当なのか?二組の近藤先生がクラスで……それとも凜と真奈美のクラスの真崎先生が、クラスの子らに話したのか?何故、凜がそのことを知ったのか?

考えれば考えるほど、凜へのどす黒い疑惑が膨らんでいった。

美保は『ドール』を出ると、たまパトでもしようかと考えて、とりあえず友紀に会いに「浜崎市生活自立支援センター」に向かっていた。たまパトは定期的に行うパトロールではないが、土日は学校が休みのために、野宿者をからかったり、あからさまに危害を加えたりする小中学生がまだいるので、それを止めさせ、少しでも野宿者たちを守る活動をしているのだと聞いていたからである。実際に公園や道路で寝泊まりしている野宿者を殴ったり、蹴ったり、花火を投げ込んだりする小中学生がいるという訴えは今も、後を絶たないのであった。しかも野宿者は被害にあってもそれを公にすることを忌み嫌う。たとえ怪我を負っても「そっとしておいてくれ……俺らはここにいられなくなるから……」と尻込みするのである。

寝込んでいるところを傘でつつかれて、怪我を負った野宿者がいた。誰かが通報したのであろう、間もなく派出所の巡査が駆けつけたが、野宿者が被害者とわかると急に態度を変えた。まるで加害者のようにどつかれ、腕を引っ張られ、引っ立てられて連れていかれそうになったことがある。ちょうど美保とたまパト中で、その場に居合わせた友紀が大声で抗議した。

「ちょっと済みません！それでも市民を守る警察ですか！この人は被害者ですよ。ひどい扱いはやめてください！もう十分でしょう！それ以上乱暴にしたら、死んでしまいますよ」

するると、巡査は蔑むような顔を友紀に向けて言い放った。

「姉ちゃんは公衆便所かい？こんなホームレスの味方をするってか？」

いきなり、巡査は野宿者の手を放すと友紀につばを吐いて走り去った。美保は「公衆便所」という言葉のいかがわしい意味を知らなかったが、友紀は怒りで身体を震わせていた。

三

二週間後、蒔田中学校で社会科を教える近藤美里と美保、凜、それに河野憲一、橋本翔の五人が、野宿者四人と共同生活をしている高橋銀吉の小屋を訪れた。実際の中学生が教師につれられて会いに来るというのは珍しいことだったので、美里も断られるかもしれないと案じたが、高橋は快く承諾してくれた。高橋を紹介し、つないでくれたのは友紀だった。

高橋、佐藤、山田、三笠の四人の野宿者は小屋の前に茣蓙を敷いてテーブルを置き、お菓子やジュースを並べて歓迎してくれた。社会科の授業でホームレスの問題を取り上げたら、自分たちでもっと調べたいと生徒たちが申し出てきたと美里は説明した。

中学生たちは野宿者たちが喜んで迎えてくれたことが嬉しかったようで、夜遅くまでろうそくの火を見つめて賑やかに話し合った。

「『ホームレスの襲撃事件』のことをきっかけに二年の三クラスで授業をしたんです。そしたら、この四人がとても良い感想を書いてくれたので誘ったら、是非行きたいということだったので連れてきました」

美里は実際の野宿者たちを前にして、とても緊張していた。

「ありがとう。そういう中学生がいるっていうことがわかっただけでも嬉しいよ。君たちの屈託のない笑い顔や先生の熱心な対応がわかってじんときたよ」

山田は率直に応じてくれた。もう半分涙を浮かべていた。

「悪い、悪い……俺らはいつもやられることが多いからさ、そういう世界に慣れないから、すぐほろりときちゃうんだけど、やっぱいいね。恵ちゃんの言うとおりだよ……生きてて良かったと言う気がする……」

「またまた、良ちゃんも恵ちゃんもう、すぐに涙腺が弱くてねえ、ほら、中学生さんたちも吃驚しちゃってるだろう？」

いつも陽気な佐藤は、あっけらかんと言った。

中学生たちはもらったチョコレートを頰張って笑った。

「いいねえ、子どもたちの明るい笑い声！未来が見えてくる感じで……」

高橋がしみじみと言った。四人の野宿者たちは仕事がないなか、空き缶集めや段ボール集めをして生計を立てている。今日の子どもたちのために用意したお菓子やジュースは、そのなかから捻出したのだ。

「授業でも疑問に思ったのですが……」

美保が言いにくそうに切り出した。

「ああ、何でも言っておくれ……俺らでわかることなら、何でも答えるから」

三笠が眼を潤ませ、前歯の抜け落ちている顔を向けて言った。

「どうしてみなさんには仕事がないのですか？」

美保の質問に苦笑しながら、美里が何か言おうとしたが、友紀が遮って言った。

「先生、いいんです。子どもたちは高橋さんたちに、直接聞きたいんじゃないんでしょうか。大人が理屈で言うんじゃなくて」

高橋が穏やかに語り始めた。

「ごろごろしていて働かないからホームレスになるんだとか言われたり、汚いからどけって言われている俺らが働こうとしても、まず雇ってもらえない……たまにきつい工事現場や道路工事の仕事を一日やりお金をもらっても、すぐに仕事がなくなり、お金が底をついてしまう。安定した住所がないと信じてもらえず雇ってもらえないんだよ。身体が持たないのに無理して危険な仕事をしている人だっている……それでも俺らは日々、生きていかなければならない。そうしたら生きているだけでお金がかかるのさ……でも悩んでも仕方がないから、商店街をうろうろして、食べ物を探していくのさ。一日中、五〇〇円になるかならない空き缶集めをして、くたくたに疲れて眠っている人に、悪さをする小学生や中学生がいるのは本当だけれどね……」

凛が続けて言った。

「悪さをする人たちを訴えたりはしないんですか?」

「そうねえ……難しい問題だけど」

友紀がその後を引き取って言った。

「何故難しいかというと、つかまえたりする以前に野宿者を街から追い出す方向に行くことが多いの。地下鉄の通路を縄で仕切って、入れなくしたり、公園のベンチを仕切りをつけて寝れなくしたり、街にいられなくするように行政が働くからなのよ」

「えーっ！ひどいですね。一体何処に行けばいいのかなって困るのは目に見えているのに……？」

凜は目を見張って言った。

友紀は続けて言った。

「住み込みで働いている人たちが、不況で大量に首を切られてしまうと彼らは仕事だけじゃなく住む場所も同時に失ってしまう……派遣やバイトやパートで食をつないでいた人たちが街に溢れていくわけ……道路や公園に寝泊まりする人が増えても仕方がない現実があるのよ。一方富裕層はどんどん太っていく。何十万もするホテルに泊まったり、海外にリゾートに何百万もかけて正月を過ごすわけ……格差社会と言うけれどこういう街の人たちを犠牲にして成り立っていることなの……みんななりたくてホームレスになったんじゃないのに……」

友紀は次第に気持ちが高まってきて、言葉を詰まらせている。

周りで聞いていた野宿者たちが、中学生の表情をうかがうように真剣なまなざしで見つめた。

「ごめんなさい。わたし、どうにもならない、悲しくなることを聞いていたんですね」

美保がしんみりしてしまったこの場の雰囲気を変えようとして言った。

「いや、美保ちゃん、何でも聞いてくれと言ったんだからいいんだよ」

高橋が美保に優しく視線を送った。その後、憲一や翔の質問にも応じてくれた。わかりやすく、丁寧に話してくれた。時々懐かしい歌の話になったり、子どもの頃のアニメの話になったりして、中学生たちははしゃぎ、一緒に歌を口ずさんだりした。終始穏やかな温かい雰囲気に包まれて、過ごすことができた。

高橋は小屋の中にも中学生たちを案内した。小屋の中は家財道具が狭い空間に、うまく整理整頓されて置かれている。一番奥には毛布や布団が畳んで積み上げられていたし、鍋や食器類はきれいに洗って重ねてある。その一角に、赤いホイッスルがぶら下がっているのが眼についた。

「これは友紀さんたちが配ってくれたものだよ。襲われたときの合図に吹くんだ。仲間を呼ぶための物だね。サイレンと同じさ……」

あっという間に辺りは真っ暗になり、帰る時刻になった。

名残惜しそうに荷物を持って立ち上がった中学生たちに、山田がつぶやくように言った。

「もっとも……野宿者の中にも弱い仲間を支える人もいれば、弱い者いじめをする人間もいる。一般市民の中にもそういう人はいるだろうし、学校でも同じだと思う。俺は君たちがずっと弱い者をいたわる気持ちを持ち続けていってほしいと思う……今の君たちの気持ちはとっても大切だと思うから……今日は本当に嬉しかった。ありがとう」

憲一が思わず山田と握手し、眼をうるませて言った。

「僕らは一応、クラスで『ホームレス襲撃事件』や『ホームレスの授業』のＤＶＤを見たり、その感想を話し合ったりしてきたんだけど、やっぱり、見るのと、実際に聞くのとではえらい違いだと思いました。今日は沢山わかってよかったです」

「俺、おじさんたちにいたずらをしたり、ちょっかいをかけたりするヤツがいたら、絶対止めますよ。おじさんたちと話したことあんのかよ、いじめと同じだろうと言ってやります！」

翔も自分から高橋の手を握って言った。

「また遊びに来てもいいですか」

凛がきらきらした眼で言った。美保も一緒に頷いて、手を握った。高橋の骨太の大きな手は皺とあかぎれに所々刻まれていたが、温かい体温が伝わってきた。

友紀がすぐに野宿者たちを見つめて言った。

「もちろんよ。いつ来ても……きっとおじさんたちはみんなのこと忘れないと思うよ。ねえ、高橋さん、山田さん、三笠さん、佐藤さん……今日は本当に楽しかったわねえ……」

「ああ、俺はもう会うこともない孫の顔を思い出したさ、もちろんだよ。通りがかりに声をかけてくれるだけで、俺らはどんなにか心強く感じるかしれない……」

山田と佐藤、三笠が力を込めて代わる代わる言った。

高橋が野宿者三人の顔を見渡しながら握手した。

「ようし！今度は美味しいカレーをご馳走するよ。楽しみにしていてくれ。それまで、おじさんたちも頑張って働くから、君たちもしっかり勉強してな……また会おうな！」

夜道は物騒だからと明るい街灯のある賑やかなところまで、野宿者たちは中学生たちを送ってくれた。すれ違う人たちが奇妙な一団を眺めるように、横目で不審な視線を送ってくる。あからさまに離れて歩き、無視して走り去る人もいる。

一緒に中学生や教師が一団に入っていなかったら、平然と攻撃してきそうな人たちも見受けられた。そんな凍りつくような雰囲気を打ち壊すように、美保たちは大声で互いにはしゃぎながら歩いた。わたしたちこそおじさんたちの力になりたいという思いで、突き動かされるように足を踏みしめて歩いた。

陽の当たる公園で誰にも後ろ指をさされることもなく、ありのままの自然体で野宿者の人たちと楽しく交流し合う、美味しいカレーにお腹を満たして喜び合う……そんな希望の湧く広場があったら、この街中にそんなほっとする場があったら……どんなにか楽しいだろう……と美保は心から思った。

――しかし、野宿者なのだ。

いくら高橋らと交流し、ホームレスになった原因を探り、クラスのみんなで話し合って理解を深めたとしても、何ができる？通りすがりに蔑むような苦い顔をして、あからさまに見て見ぬふりをする……そういう一般市民の方がはるかに多いのだ。

――政治を動かすはずの、国会議員を務める自分の父親でさえ……。

そんな日が来るとは誰も思っていないはずの約束を、この日野宿者たちとしたことが、美保を激しく打ちのめしていた。

三　未来広場まつり

一

慌ただしい一二月も飛ぶように過ぎ、校内は期末テスト期間に入っていた。生徒たちは試験の採点のために午後は部活も禁止され、一斉に下校が促されている。生徒たちの姿が消えた校内は、静まりかえっていた。

この日、時間に追われながらも二年の学級担任が集まって話し合いを持った。葛城美保のいじめの一件を校長に報告するように、教頭の藤野が言ってきたからだった。

「結局、何事も起きなかったということかしら……真奈美も先週から学校に登校するようになって、落ち着いたし……真崎先生に聞いたら、楽しそうにしているっていうことだし」

まず西原光子がコーヒーメーカーから珈琲を注ぎながら、近藤美里に話しかけた。

「先週、ホームレスの高橋銀吉さんの小屋を訪問しました。そこに美保も凜もきましたが、特に何も感じませんでした。始めはちょっと、どきっとしたんですが……憲一と翔はかなり積極的でしたが、美保も凜もあまり気が進まないような口ぶりだったんです。確かに若い女の子にホームレスの小屋を訪問するなんて嫌がりますものね……そしたら当日二人とも待ち合わせ場所に現れて吃驚したんです。小屋での野宿者たちへの接し方や態度もよかったし、とてもいじめに関わっているとは思えないなごやかな様子でした……」

「でも、女の子はわからないと言いますし、俺も凜は時々ふてくされて手に負えないときがあるんです。まだ不安は消えないと思うのですが……」

真崎は凜も美保も扱いにくい子だと日頃から話していた。

「真崎先生、美保にわたしが聞いたときは全く知らない様子でした。猫をかぶっているのだと言われればそうかもしれませんが……やってない方の感触の方が多いと感じましたし……変に詮索するのもね、担任と生徒との信頼関係を築く方が重要ですから……どんなにすり抜けても、実際にやっていれば必ず綻びが出るもんですし……」

「西原先生の教師としてのカンですよね。案外、当たっているかもしれませんね」

美里が珈琲を飲みながら、穏やかな表情をして言った。

光子が力を込めて言った。

「わたしはカンと言うより、いじめだの不登校だの非行だのって、すぐに管理職が出てきて締めつけることが問題だと思っているんですよ。今までにも若い先生たちがそれを強行して生徒との関係が切れてしまい、悩んで病気になってしまった先生方を沢山見てきました。それに仮に本当に美保がいじめに手を染めていたとしても、今は近藤先生の授業の取り組みで『ホームレス問題ボランティア研究委員会』を立ち上げて活動しているわけだし、もし、いじめについて彼女が関わっているのなら、その中でもどこかでその兆しが見えてくると思うんです。実際のところは、凛と美保は委員会での様子はどうなのですか？」

「ええ、二人とも何だか以前より仲がよくなったようです。今、冬休みに行おうとしているボランティア活動で、野宿者の高橋さんや生活自立支援センターの巻村さんと越冬まつりをする計画を立てています。はじめ、自分たちでカレーの炊きだしのボランティアをしようと思っていたらしいのですが、巻村さんのアドバイスで、野宿者の人も自分たちも対等に企画するものが必要だと思ったようで、毎日駅前の生活自立支援センターに放課後行って、対策を練っているようです……」

美里が嬉しそうに委員会の様子を語った。

「それって…… 危なくないですか？ 校長に話を通してなくて大丈夫ですか？」

真崎が顔を曇らせて言った。

「まあ、冬休みだしね……話のわかる校長なら、ボランティアはむしろ、歓迎されることなのだから、理解してくれるでしょうが……責任問題をすぐに出す人には無理でしょうね」

「無理って……？」

「美保の父親が圧力をかけて潰してくるかもしれないし……わたしは生徒が真剣に悩んで解決の道を見つけようとしている美保たちの活動はとっても貴重だと思います。実現させてやりたいのです」

光子も真崎にむき直って美里の考えをおした。

「そうそう……そういう芽を平気で踏みつけられるのは、生徒たちだって決して納得しないでしょう。そうなったらその方が厄介ですよ。真崎先生」

「よく、一般のまつりにホームレスの人が来て、追い出そうとした人たちと小競り合いになったと言うニュースありますよね……そういうことが起きないですか？」

「真崎先生、それは追い出そうとした人こそ反省すべきことでしょう？ホームレスの方々だって一般市民の端くれですから」

「いや、僕はそういうトラブルに生徒を巻き込みたくないだけです……」

「真崎先生、だったら……そういうトラブルが起きないように、協力してもらえませんか。凜のことを心配して言ってくださっていることと思いますので」

「……近藤先生……」

「真崎先生、生徒たちが自分たちで授業で学習をしたことから、進んで調べたり社会の問題に関心をもったりすることは、彼らの学びを大きく広げるきっかけになるのです。それを否定してしまったら、感情的な確執が生徒と教師のなかで生まれていきますよ。生徒たちを信じて応援して行きましょうよ。いじめなんかよりずっと価値あるものに違いないと思いますから……」

「そうですね……西原先生や近藤先生がそうおっしゃるなら……」

真崎はそれほど深く反対しているわけではなかった。ただ藤野にしろ、校長の池上にしろ、美保の父親の存在が脅威なのだろうと光子は感じていた。

二

浜崎の未来広場まつりにぜひ来てください！
子どもからお年寄りまで楽しめる企画が満載！
わたしたち地域みんなのほっとする街の広場に集まりませんか！
未来広場まつりにぜひ遊びに来てくださいね！
　時：一二月二六日・一〇時から四時まで（雨天決行）
　所：浜崎市生活自立支援センター&大泉公園

美保たち「ホームレス問題ボランティア委員会」は校内で呼びかけ、委員は総勢三〇人に膨れ上がった。消極的に物資の提供など裏方で応援するという人を含めると約六〇名に及んでいる。また街のおばちゃん連中や商店街、町内会の人々もチラシをもらって中学生たちを励ましてくれた。

「いい中学生だねえ。応援するよ。助け合いは大事だよ」

「何でもやれることがあったら、手伝うよ。おばちゃんたちに遠慮しないで言ってきなよ」という思いがけないメッセージも次々と集まり、生徒たちを驚かせた。

「うちのかあちゃんが『これ、持ってけ』と言って渡してくれた……」

翔も大きな紙袋にセーターや古着、もうサイズが合わなくなった防寒用のコートなどがつまっている物を抱えて、嬉しそうに打ち合わせに集まってきた。

「うちは母子家庭だし、男物はないから……」

凜は遠慮がちに言いながら、古くなった鍋やしまい込んでいた食器を抱えて出してきた。

「ありがとう! きっと銀さんたち嬉し泣きよ。助かるわ!」

友紀も喜んで凜や翔の肩をたたいている。

「早速フリマに加えるわね。フリマの責任者は美保ちゃんと凜さんだから、これ、お願い!」

美保と凜は、越冬のために必要な衣類を、ただ野宿者に機械的に配るのではもらう方も気を使うなのではないかと考えて、フリーマーケット形式に並べ、一〇〇円均一にして一般の人にも参加してもらいやすいようにした。委員会でかなり賛否両論があったが、炊き出しもすべて一〇〇円均一にしてもらい、野宿者には一〇〇円のチケットを二〇枚綴りで発行し、配るという方式にした。浜崎市の福祉課にかけ合い、予算を少し回してもらったので実現できたことだった。

それでも凛が不安を隠さずに委員会で発言した。

「野宿者の人と一般の人が一緒にフリマに来たら、安いからっていっぺんに買い占めてしまわないでしょうか……おまつりだから、遠慮してくださいとは言いにくくないですか?」

美保は手を挙げて応じた。

「ああ、わたしもそれは気になっていました。それで考えたんですけど……よく通販でも特典のある商品などは、お一人様一点限りにつき……っていうのがあるけどそういう形にすれば、余りいっぱい買わないし、主旨を理解してもらいやすいと思います。野宿者の人だって、そうしたら、本当に欲しい物を考えて買うと思うんです」

「ああ、それはいい考えだわ……どうしても物がなくて困っている人にはまた別の機会に支給することもできるしね……おまつりなんだしね」

友紀も感心しながら賛成した。

委員会の打ち合わせの片付けをしながら、美保は唐突に、胸が締めつけられるような過去の体験を思い出していた。

三年前の師走の頃、その日は今までにない寒波が到来していて、雪もちらつき、骨の髄まで凍えるような朝だった。葛城家の台所の勝手口の戸を激しくたたく音がする。家族の食事を美保と一緒に並べていた玲子が不審に思って戸を開けると、頭から毛布をかぶった男が静かに入ってきた。全身が震えて、寒さで顔も赤くなっている。近くの橋の下で暮らす野宿者だった。驚いた玲子は慌てて夫の慶一郎を呼んだ。美保は小学校五年生になっていて、父親への反抗心が芽生えた頃であった。

「あの、すみませんがこの雪で食べ物がまったくなくなり困っています。どうか、何でもかまいません。余っている物や捨てようと思っている物がございましたら、いただけないでしょうか……」

「なんだ、こんな時間に!よそに行きなさい、よそに……うちにはあんたにやる物はひとつもないよ!商店街に行けば、誰かくれる人もいるかもしれないじゃないか。ゴミ箱をあさったりすればいいだろう?」

「旦那様、雪で今商店街はしまっているんです。どうかお願いです。昨日から何も食べていないのです」

哀れに思った玲子は使い残しの野菜とウインナーを手早く炒め、おにぎりを一緒にパックに詰めて渡そうとした。固唾をのんで見守っていた美保がほっとしたのも束の間、慶一郎が荒々しく戸口に進んだ。そのパックを玲子から引ったくるとドアの外にいきなり放った。まだ温かい湯気の立っている炒め物とおにぎりが雪の上に無残に飛び散った。

「出ていけ！早く！出ていくんだ」

「…………」

美保は今までに何度この光景を思い起こしたことだろう！そのたびに心が締めつけられ、汚れたぼろ雑巾のように、心がずたずたに引き裂かれていくのを感じないわけにはいかなかった。その悲しい記憶は激しい痛みを伴って、美保の心の奥深くに浸透していった。

だからこそ、美保は思う！……真奈美をいじめたかと担任の西原に言われたとき、自分はあの瞬間がある限り、決していじめなどしないと……。いじめをしている加害者のみならず、それを目撃し何もせずに傍観した人たちにもどれだけの屈辱と絶望を与えるか、美保は身をもって知っていたのだった。

それ以来父親の慶一郎と美保の間には、感情のすれ違いばかりではなく、不信の厚い壁が立ちはだかることになった。

三

一二月二六日の朝、冷え込みは相変わらず厳しかったが、澄み切った青空が広がった。防寒用のダウンコートを着こみ、ジーンズにブーツを履いて外に出ようとしたとき、慶一郎が後ろから美保を呼び止めて言った。

「美保、行くのか？あのホームレスがやる広場のまつりに、お前も関わっているのか？俺は……ボランティアならば止めはしないが、お前は民政党の国会議員、葛城慶一郎の娘だぞ！……そのことを肝に銘じて覚えておけよ」

「…………！」

美保は何も言わなかった。ここで父親と言い争いはしても仕方がないということだけは、はっきりしている。言いたいことは確かに喉元に突き上げてきたが、辛うじてこらえた。何度も委員会で討論を重ね、ビラをつくり、野宿者の方々も走り回って、やっと今日を迎えた、この今を潰したくないという思いでいっぱいになった。今となっては一言では決して言い尽くせない多くの人たちの努力を、無にする訳にはいかないのだ。

快晴というのだろう、寒風は肌を刺すように激しく吹いていたが、清々しい朝だった。

生活自立支援センターにつくと、松崎が高橋たちと餅つき大会の準備を始めている。臼と杵は商店会の会長が貸してくれたという。餅米の提供は町内会のおばちゃんたちだ。また炊き出しの豚汁は日本料理店『秋吉』のマスター笹島さんが前の日から仕込みをしてくれた本格派だ。野宿者のためにゴボウや人参を柔らかく食べやすくつくってくれていた。野菜不足を補うために根菜がたっぷり入っている。またカレーの専門店『美奈』のマスターが特別にカレーを百人分つくってテントまで運んでくれている。

カレーを食べるのは高橋と美保たちがかわした約束だった。

こうなるまでには友紀や松崎たち支援員の人たちと野宿者たちの力が大きかった。野宿者の高橋たちは自分たちもまつりの企画に参加して、餅つき大会や炊き出しの店をすすめる役を引き受けている。

「あらあら、凜さん、美保さん、自分たちの分担は大丈夫？もうフリマの会場の大泉公園に長蛇の列ができているらしいわよ」

「えっ！ホントですか？」

「美保、車で早く運んでもらおうよ。もう荷物を並べて準備しないと……」

「あ、松崎さんが今、こっちに来たから運んでもらおう……おーい！松崎さーん！」

美保は跳び上がって松崎に手を振りながら大声を出した。

「美保……ごめん……わたし……美保のこと、本当は……」

凜が突然、美保の後ろに回りながら囁いた。

「凜、わたしたち、もう仲間っていうか、同志だよね。今度真奈美も誘ってみようよ……」

凜は俯くと、不意に一筋の涙をこぼした。

「へい！お嬢さんたち！何のご用かな？」

松崎はもう、すぐ二人の傍まで来て微笑んでいた。

Ⅶ 常夜灯

一　見えない光

一

民政党の葛城慶一郎は、第二議員会館の三二〇号室の窓から、外の道路を凝然と眺めていた。大音響の太鼓や鳴り物を響かせて、綺麗に陽の光をはね返すアスファルトの上を、道いっぱいに隊列を組んだデモ隊が押し寄せている。東日本大震災で福島の原発が爆発事故を起こして以来、年々参加者数も膨れあがっている。数千人、いや数万人の規模にも及んでいる。最近は沖縄の基地問題や集団的自衛権反対を訴える人も一緒に合流している関係で、もはや見過ごせないほど大規模になっていた。

——この押し寄せてくる人の流れに飲み込まれるか、はね返していくか……。

慶一郎は、大河の流れのように淀みなく流れていく隊列を見下ろしながら、そこが難しい思案のしどころだろうなとつぶやいた。

「さようなら！原発！再稼働反対」「沖縄と連帯！基地ノー」「集団的自衛権行使反対」「憲法9条を守ろう！」などと書かれた色とりどりの幟旗が翻っている。

「すべての原発、今すぐ廃炉！憲法壊すな！9条守れ！」

などというシュプレヒコールが、ひっきりなしに辺りにこだましながら聞こえている。

道の両側にデモ隊を規制する機動隊や青色の警察の特別警備車が沢山止まっている。国会議事堂までの道路には黄金色に色づいた銀杏並木があり、晩秋の冷たい風に吹かれて、葉を散らしながらも微かな音を立てている。付近は紺の制服を着た警備員が両手を広げ、忙しそうに右往左往して動いている。溢れるデモ隊がいっぱいに広がって、道を塞いでしまうことがないように、片側に狭い通り道をつくろうと警備員も警官も躍起になっているのが見渡せた。先頭集団は若い学生や青年たち、主婦、子どもを連れた父親や母親などの姿も見られ、その後方に髪が白くなった中高年の人たちや、勤め帰りのサラリーマンの人たちの列が続いている。

慶一郎はふと、先頭集団の横断幕を掴んだ中年の女性とその後ろの高校生とも中学生とも見える女の子に見覚えがあるような気がした。

――まさか？

娘の美保がボランティアで通う浜崎市の生活自立支援センターの職員である巻村友紀に中年の女性は酷似していると思えたのである。慶一郎も友紀には何度か街頭で反原発の署名活動をしているところを見かけたことがあって、顔見知りであったからだ。だが、こんなに遙か遠くでは、確かなことは皆目わからなかった。他人の空似ということもある……ましてや、後ろの中学生が！

――あり得ないな……。

美保は高校受験の真っ只中にいる中学生である。今の時間だと、そろそろ学校から浜崎駅前の三谷予備校に向かう頃であろう。こんな所に来ているとは？まずあり得ないと慶一郎は思い直し、かぶりを振った。

担任の斎藤美奈子に将来、中央大学の法科をめざすなら、中央大学付属高校に受験するようにとすすめられ、先週も三者面談があり、美保もそれに同意したばかりである。もういい加減、勉強に身を入れないといくら斎藤に美保は合格ラインに十分届いていると太鼓判を押してもらっていても、本人は不安が拭えないはずだ。

――ホームレス支援だの、金曜パトロールだのと、うつつを抜かしていられる身分か！

慶一郎は先頭集団が見えなくなると、大きなため息をついてデスクに腰をかけた。

午後四時、慶一郎がデスクの上のデジタル時計に眼を向けたとき、ドアがノックされて、第一秘書の村木敬二が入ってきた。

「葛城先生、そろそろ法務部会が始まります。その前に……ちょっとお耳に入れたいことが……」

左手に署名用紙の束を重そうに抱えている。四〇を過ぎ、村木は頭が禿げあがっているが、穏やかな表情で相手に安心感を与えるベテラン秘書である。むしろこの世界ではやり手と言ってもいい如才なさが感じられるのだが、今日は顔全体が疲れで歪んでいて、眼も不安な色に彩られ、いつもの眼光の鋭さが感じられない。

「どうしたね。何かあったのか?厄介事でも?」

慶一郎は村木とは同年代で、衆議院議員に初当選してからずっと五年来のつきあいだった。村木よりも四、五歳は若く見える。まだ髪はわずかに白髪が交じった程度だし、上背もあり精悍な身体つきで、女性に人気の甘いマスクは、若い頃イケメン弁護士と噂された名残も感じられる。

「……実はお嬢様のことですが……これをご覧ください」

村木はデスクに署名用紙の束を置くと、急いで慶一郎の目の前で頁をめくり、名前の一箇所を指差した。なるほど、葛城美保の名前があり、押印もしてある。

「これが何か?反原発の署名だろう?……たかが市民団体の」

格別に騒ぎ立てることでもあるまいに……と慶一郎は思って舌打ちした。

「いえ、わたしが危惧しているのは、このお嬢様の署名云々ではありません……」

思い詰めた表情の村木の顔が、次第に慶一郎の苛立ちを募らせていく。

「ではなんだ！娘が何かまずいことをしたというのか？」

つい声が高ぶってきている。だが、村木はそれには動じずに、淡々と話を続けた。

「すみません……決してそういう意味ではないのですが……葛城先生には以前申し上げたとおり、国会議員である先生の家庭生活は、政治活動の一部です。家庭内の多少の諍いは他の市民と変わらないでしょうが、こと政策に関わることになると、やはり慎重にしていただきたいのです……」

落ち着いた口調だが、明らかに慶一郎をなじる気持が含まれている。

「君は何を言っているのかね！美保はまだ中学三年生だよ。政治のことなどわかるはずがないじゃないか！第一、それはわたし個人のプライバシーだろう？」

「そうでしょうか……わたしにはそうは思えません……聞けば、浜崎市の生活自立支援センターの活動を美保さんはかなり手伝っていると言うじゃありませんか。中学生が政治活動をすること自体、気になりますが、野宿者支援の夜回りまでやっていると聞きました。

ご存じですよね？」

村木は思いきって反論しているという風に、畳みかけてきた。

「ああ、知ってるが……だが、わたしが民自党ならいざ知らず、民政党だよ。野党側の人間が支援している福祉問題に関わって何が問題なのかね。わたしの売りは福祉問題なんだよ。軍事予算を削減して、福祉に回すべきだというのはわたしの持論じゃないか……」

「よろしいんでしょうか？葛城先生は、ではご心配ではないと……。将来を考えて、早く手を打たないと、わたしは不安です。お嬢様はとても学業優秀とお聞きしました。中学校では全校で一位、二位を争う成績だと……そしてすでに弁護士志望だとも。才能のあるお嬢様があらぬ方向に行ってしまわれては……先生もご自分の後を継がせたいと実はお考えではないのですか？」

「…………」

「少し、釘をさしておいたほうがいいのではないでしょうか。お嬢様の将来を思えば……」

単なる市民団体の活動に入れあげているだけではないのではないかという疑惑が村木の不安を掻き立てているのである。それは慶一郎もあながちすぐには否定できないものを感じていた。

「わかった、わかった……君の言うことは肝に銘じておくよ。娘のことはわたしが父親として、責任を持って何とかする……だからもう何も言うな。というか、変に手を打つなよ。

第二秘書の砂原美佳はこのことを知っているのか？」

「いいえ、知らないと思います。わたしはまだ、誰にも話していませんので」

「今は君の胸に納めて置いてくれ……頼む！」

「わかりました。そのようにします。葛城先生……」

「その……先生はやめてくれないか！葛城さんでいいから……君に先生と言われるとなんだか小馬鹿にされているような気がするよ」

村木ははっとしてうつむくと軽くうなずき、署名用紙をデスクに置いたまま、ゆっくりとドアの外に消えていった。

――あんたに言われなくても……。

とっくにわかっていることだと慶一郎は思っている。一番弱い部分をズバリ指摘されたことが慶一郎の不快をかなり買っていた。

中学二年の冬に学校でホームレスの授業を受けて以来、美保は友だちの佐伯凜、佐々木真奈美と組んで、毎週金曜日の野宿者支援パトロールもずっと続けているようだ。社会の貧困問題に関心を持つことはむしろ歓迎すべきことだと、はじめたかをくって考えていたが、やはり最近の美保の行動が目に余るのは事実だった。

昨年の一二月、冬休みに入ってすぐ、浜崎市の生活自立支援センターと野宿者、地元の商店街が一緒になって開いた「浜崎未来広場まつり」にはじめて参加した頃から、美保の態度が家庭内でもあからさまに反抗的になってきたのだった。主に慶一郎への反抗的な態度として現れていたが、妻の玲子や家政婦の村岡昭子にさえも、いつも苛々しているように感情的になり、そうかと思えば、どんなに声をかけても黙りこくったまま出かけてしまうこともしばしばである。親としては心配な金曜の夜のパトロールも必ず時間になると出かけていく。二時間ほどで帰宅するのだが、一二時近くなることもあり、帰る途中で何かに遭遇したのではないかと不安になり、あらぬ想像で胸が苦しくなることもあったのだ。

——いくら支援センターの職員が一緒に付いているとはわかっていても……。

相手は野宿者なのだ、なかには仕事にあぶれて、やけになっている者や、酒癖の悪い者もいるであろうと思うと、慶一郎は内心、気が気ではなかった。何かのトラブルに巻き込まれなければいいがと妻の玲子も気を揉んでいたのだ。

ここ一年で美保は親から見ても急に女らしく、美しく育ってきている。上背があるので、よく高校生に間違われるほど、身体つきも早熟で大人びていた。若い娘特有のつややかな肌と滑らかな身のこなしが人目を惹いていた。聞く耳を持たないような美保の強硬な態度で、ともすれば、慶一郎の気持も萎えてしまいそうだったが、やはり言わずにはいられないのであった。

「大丈夫か? 美保は真っ直ぐで、人に騙されやすいから、お父さんは心配だよ……困ったことがあったら、すぐに近くの人にヘルプを出すんだぞ」

いきなりこんなことを言えば、すぐに反撃するか無視するかだろうと慶一郎は案じていたが、美保は醒めた刃物のような視線を向けると、ためらうことなく言い放った。

「お父さんが思うほど、ホームレスの人に悪い人はいないの。あの人たちの表面しか見ていないでしょう。薄汚いとか、働かないで、ごろごろしてしょうがない奴だとか……。何故ああいう人たちが放って置かれるか、仕事が与えられないのか考えたことある?……追い詰めている人はいったい誰なの? あの人たちの責任にして、何かと言えば責めてばかり!……わたしはあの人たちをきっと守るから!」

「……守るって？……美保、お前……」

「…………」

美保は悔しそうに唇を噛みしめ慶一郎に背中を向けると、もう何も取り合わないという態度を見せた。

――ああ、これ以上……。

これ以上、美保のなかに強引に自分が踏み込むわけにはいかないと慶一郎はそのとき思った。美保の兄、葛城隆一は慶一郎の執拗な干渉を嫌ってロンドンの大学の研究室に入っている。始めは単なる留学だったが、大学受験の折に政治家への道を執拗に求められたために、すっかり心を閉ざしてしまった。一度感情がすれ違うと、なかなか修復は難しいということを嫌というほど思い知らされたのである。隆一の根強い慶一郎への不信感が、そのまま妹の美保にも伝わっているのだと感じた。周囲が考えている自分の跡継ぎなど今となっては、もうどうでもよいとさえ思っている。

だが、意外にも高校受験の話し合いでは慶一郎が考えていた方向に美保の方から言ってきたので、妻の玲子と二人で胸をなでおろした。弁護士になりたいから、法律の勉強をしたいと言ってきたのだ。そのときは親に気兼ねして無理をしているのではないかと半信半疑だったが、やはり嬉しかった。むろん、自分と同じ、政治家への道をめざしてほしいなどとはまだ考えてもいないが、それなりに美保の才能を生かす道には進ませたいと思っていた。しかし、実際には女性が司法試験に合格し、弁護士になるのは極めて困難な道のりである。美保のように芯が強そうに見えながら、人に感化されやすい娘にはそんな試練はさせたくないのが親としての本音ではある。慶一郎はいつの間にか、光の見えない闇の中で愛娘の存在が遠くに霞んでいくのを感じないわけにはいかなかった。

慶一郎は今年の九月に、浜崎商店街の村田陽一会長に会い、さりげなく「未来広場まつり」について問い合わせてみた。昨年の「未来広場まつり」は例年になく参加者が多く、普段の三倍に膨れ上がり、今までは野宿者の炊き出しが中心の細々としたまつりだったが、今回は中学生や高校生が多数参加して、高校や大学の文化祭のようだったと初老の村田はいかにも嬉しそうに話してくれた。

「いや、蒔田中学校で先生方も熱心に協力してくれて、すごい盛り上がりでした。『ホームレス問題ボランティア研究委員会』というのを校内につくってくれて、何か葛城？お嬢さんでしょうか？葛城美保さんという中学二年生が中心になって進めてくれていたとか……今の中学生はけなげでいいですね。売り上げは全額野宿者支援の資金にしたそうですよ……まったく病気になっても医者にもかかれない野宿者のために、お金はいくらあっても足りないくらいですからね……支援センターの人たちも大喜びでした」

村田は夢中になって話していたが急に改まり、慶一郎の方に向き直って言った。

「いやあ、葛城先生は民政党で社会福祉に力を入れている方だとお聞きしました。美保さんもきっとそんなお父様の背中を見て、お育ちになったんですねえ……さすがだなあと商店街の連中はみんな感服していましたよ。いやあ、今年の『未来広場まつり』が今から楽しみです……またうちの商店街も及ばずながら協力させていただきますよ。葛城先生！ひとつ、よろしくお願いしますよ！」

「しかし、美保は今年は高校受験だし……あまり関われないと思いますよ」

「ええ、なんか、中学校からの連絡によると、今年は中学二年生と一年生で実行委員を組んでいるようです。三年生は受験を控えてますからねえ……でも校内できちんと引き継いでいるんですね。いまどきの中学生は頼りがいがありますよ……」

村田は頬を緩め上機嫌で、戸惑う慶一郎に握手を求めてきた。

二

「だからさあ、美保はそういうこと全然、無神経なんだよ……っていうか、真奈美のこと感覚的にわかんないのかな？」

佐伯凛は葛城美保の顔をのぞき込むように、身体を乗り出して言った。

「…………」

美保はうつむいたまま、押し黙った。凛の剣幕に完全に圧倒されていたのだ。美保の隣に座っていた佐々木真奈美が、こらえきれずに立ち上がった。

「もういいから、凛、やめよう！」

「だって、真奈美だって、苦しいじゃん……今、お母さんの仕事、大変なんでしょ。無理しない方がいいと思う……美保と同じにはできないよ……国会議員の父親のいる美保とは、はじめっから、わたしらと住む世界が違うんだからさ！」

「どうして……そこにいきつくのかなあ！」

思わず美保は腹立たしげに言い放った。だが、そう言ってしまってから……もっと二人とこじれた関係になるのは困ると気づきうつむいた。

浜崎市生活自立支援センターの会議室である。まだ時間が早いせいか、来るはずの高校生や中学生のボランティアの人の姿はない。ほぼ、四〇人は入れるスペースで、後三〇分後にはエリアを決めて五人ずつ組をつくって野宿者支援のパトロールに行くことになっている。時間になると毎回この会議室はいっぱいになり、活気づくのだ。

一一月始めの金曜日の夕方、美保、凜、真奈美の蒔田中学校三年生三人が、野宿者支援のパトロールに出かける前のひとときに声高に言い争いを始めていた。野宿者に渡す物資をテーブルの上に忙しく運んでいた松崎守と巻村友紀は、その険悪な雰囲気に思わず驚いて立ち止まった。

「ねえ、ちょっと!どうしたの?何だかいつもと違うじゃない……穏やかじゃないわね」

友紀は持っていた荷物を慌てて松崎に渡すと、三人が座っていたテーブルに走り寄った。

「すみません……大丈夫です。ついわたしたち、テンションが上がっちゃって……」

美保がリーダーらしく、凜と真奈美に目配せして言った。二人は不満そうな視線を美保に送っている。

「あ、でもまだ時間あるから、こちらでちょっと話しましょう。三人とも一緒に来て!」

友紀はすぐに隣の小会議室を指さして言った。

松崎に友紀は金パト（金曜パトロール）は他のスタッフと一緒に先に行っててほしいと伝えている。普段から女子中学生たちのトラブルはそう珍しくはなかったが、美保たち三人はいつも仲がいいので評判だった。余程こじれた問題が起こったに違いないと友紀は判断したようだった。

「松崎さん、多分、ちょっと長引くと思うので、わたしたちは今日は金パトはパスかもしれないわ……悪いわね」

松崎は三人の中学生の方をちらちら見ながら、深刻な顔でうなずいた。若い松崎はまだ支援員になってから五年しか経っていない。大学を卒業して、自分からこの仕事を選んだのだが、女性に対しては苦手感が拭えないのであった。

「女の子三人のトラブルは俺はまったく苦手ですね。友紀さんお願いします。金パトは東野さんと関さんが今回から来てくれるので何とかなりますから、気にしないでください」

最近は小学校の高学年の子も金パトに参加するようになったので、スタッフを増やしたばかりだった。

美保は凜たちと困惑して顔を見合わせたが、それでも友紀に黙ってついていった。

なかの丸いテーブルの周りに座ると、すぐに友紀が切り出した。

「そう言えば……今まで言わなかったんだけど、三人とも高校受験をめざしていたんだよね。悪かったわ。気がつかなくて……もう、一一月だもの、追い込みの時期よね。今まで三人とも揃ってきてくれていたけど、少し休んでもいいのよ。今までほんとによくやってくれたと思う……わたしたちも野宿者の人も受験がうまくいってほしいと願っているのだから……こんなこと、ほんとうはもっと早く言うべきだったわね。ごめんなさい……」

「別にいいんです……さっきは早く帰りたいと思って、今日は金パトはしないって言ったんですけど、早めに帰れればいいので、どうせ母親も九時にならないと帰って来れないし……おじさんたちが楽しみに待っていてくれると思うと、やっぱり気になって……」

真奈美が悲しそうな顔を向けて言った。

「どう？かき入れ時のこの時期に、こうした活動はつらいでしょう？いいのよ。みんながまた晴れて高校生になったら、再開してくれれば、何とかなるもんよ。毎回来てくれている人はもともとそう多くはないわけだし、わたしたちに、気遣いは無用よ……」

「はい、ありがとうございます。でも……」

真奈美は凜の方を見て、再び眉をひそめた。

「後期の中間テストの全校発表があったんですけど……」

凜が思いきった表情で語り始めた。それを美保が荒々しく遮った。

「いいでしょ！凜！そんな話……関係ないじゃない！」

「待って！ここは聞きましょう……美保さんも感情的になり過ぎよ」

友紀は慌てて美保を制した。唇を噛んでうつむいた美保の暗さが、友紀をますます不安にさせたようだった。

「美保は相変わらず、全校二位の成績で、わたしと真奈美は、五〇位までに入らなかったということがあるわけ。しかもわたしは母親に、滑り止めの私立高校の受験料が払えないって言われて、安全な、ランクの低い高校を受験しなければならない……。真奈美は姉弟が二人もいるのに、お母さんは夜遅くしか帰ってこない……だから、はっきり言って、この金パトの時間は家にいたい時間なの……それが美保にはわかってもらえないの……」

「そんなこと！……」

美保は泣きながら叫んだ。胸を締めつける感情が突き上げてくるのを感じながら、思わず立ちあがって言った。

「どうして、今まではっきり言ってくれなかったの？ わたしは全然知らなかった……。そんな無理を真奈美や凜にさせていたなんて！思ってもいなかった！」

「凛！もうやめようよ。美保だって意地悪しているわけじゃないと思うから！仕方ないんだよ。誰のせいでもないよ」

真奈美は美保がひどく動揺しているのを眺めながら、美保を睨んでいる凛を促した。

「いや、もうはっきり言った方がいいと思う。美保とこれ以上、面倒くさいことになりたくないから……だから」

美保はしゃくり上げながら、凛を睨んでいる。友紀が美保に座るように合図した。凛の方がずっと冷静である。真奈美は涙をこらえきれずにテーブルの上に突っ伏して、啜り泣いた。友紀がとりなすように静かに言った。

「そうね、この際 全部言ってしまった方がいいわね。時間がたてばたつほど、凛が言うみたいに、こじれてしまうわ……聞きましょう……この際互いに思っていることを出し合いましょう。思いきって……」

凛は真奈美に事情を話していいかと尋ねると、突っ伏したままうなずいた。

佐々木真奈美の母親は真奈美が小学四年の冬、暴力を振るう夫にいたたまれず離婚した。そのときには二歳の妹と三歳の弟がいた。真奈美は連日の怖ろしい暴力沙汰を目撃し、精神的に不安定になる。母親は介護福祉のパートを始め、生活保護を受けたが、真奈美の登校しぶりが始まり、小学校ではほとんど不登校状態になった。中学に入り、真奈美に寄り添うために、母親はパートの回数を週三回に減らしてぎりぎりの生活を強いられていた。当然、幼い弟や妹の面倒は真奈美にふりかかってきていた。母親のいない夕暮れ時、真奈美と妹や弟は空腹に耐えられず、ティッシュや新聞紙を丸めて口に入れて凌いだということもあったのだ。

「真奈美のお母さんは、介護の仕事で九時ぐらいにくたくたになって帰ってくるんだよ。金パトでホームレスの人にゆで卵や、お茶とかジュースを配るでしょ。ほんとうは弟や妹に配ってあげたいって、真奈美がわたしに泣きついたことがあったの……美保は知らなかったと思うけどね……」

「…………」

美保は鼻を啜りながら沈黙した。

「そうだったの！これは悪かったのはわたしたち……スタッフの責任だわ！凜さん、真奈美さん、すまなかったわね……でもどうして、金パトどころじゃないっていう本音をもっって言ってくれなかったの？……言ってほしかったなあ……美保さんだってそう思っているはずよ。そう言っていたら、もっとお互い考えられたはずだから」

友紀もかなり動揺しながら言った。続けて凜がさらに語り始める。

「うちも生活は苦しいけど、真奈美の家は三人姉弟だから、もっと大変だと思う。わたしも滑り止めを受けられないから、その分一発ねらいで失敗は許されないの。予備校に通うお金だって無理だから、落ちたら、就職しかないから……今は中卒の就職先は皆無に近いんだって！バイトならまあ、あるけどね……だから、すっごく心配なの。でも言えなかった。金パトはホームレスの人の命がかかっているから、とてもやめるって言えなかった……真奈美もそう言ってた……美保の続けようという気持はわかるけど、でも、わかるからこそ言い出せないでいたんだよ……」

美保はうなだれて、じっと凜の話に耳を傾けている。凜の言葉を静かに友紀がひきとって言った。

「ありがとう……三人とも……そんな思いで続けていてくれていたんだね。今日からもう気にしないで、自分のやるべきことをやって行こう。今のところ、ボランティアの人も増えていて大丈夫だからね。割り切ることも時には必要よ。また進路が決まったら再開すればいいのだし」

友紀はそう言いながらも、急に思いが溢れて絶句した。

美保は静かに顔をあげた。もう気持が沈静化していて、煩わしいことはできるだけ避けたい思いが強くなっている。真奈美の困窮している家庭の状況は知らないわけではなかったが、自分も目の前の受験に振り回されて訳がわからなくなっていたのだと気づいた。

「じゃあ、凜、真奈美、わたしたちの優先順位を決めよう……それで余力があったら、ホームレスの人と話すのも楽しい時もあるから、たまには気分転換にもなるし、金パトしよう……本当はそんな気持でするの悪いかなって思うけど……どう？」

「そうだね………美保、わかった……それしかないね」

真奈美も黙っていたが、もう怒りは消えていたのだろう、起き上がって荷物に手を伸ばした。凜は立ち上がると帰る用意をし、いつも持っているリュックを肩から提げて言った。

「じゃ、取りあえず今日はもう九時過ぎるから帰るね。友紀さん、来週はどうするかまた美保と考えます。真奈美、行こう……そろそろお母さんが帰る時間だよ」

真奈美はしぶしぶ立ち上がると、友紀と美保に軽くお辞儀をして凜の後を追った。

二人の姿が消えると友紀が美保に、温かい視線を向けて言った。

「美保さん、わかってあげられたのね……」

「ええ、でも友紀さん、ひとつだけ……住む世界が違うというのは、ちょっと納得できない……」

「そうね、美保さん……言い方の問題？」

「だって、そんなこと言ったら、みんなばらばらじゃない……全部ふりだしにもどるじゃない……ホームレスの人を外側から支援するのは全然意味がないことになる……」

「たしかに……！」

一瞬沈黙した後、美保を見つめて友紀が言った。

「あのね、ちょっと例が余りよくないけど、前に踏切で、渡りきれないで線路に転んで倒れたお年寄りを助けようとして、電車にひかれた女の人のことが報道されたことがあったの覚えている?あの亡くなった人はわたしの高校時代の親友だったの……」

「ええっ！そうだったんですか……痛ましいニュースだったですね」

「あなただったらどうする?目の前でもう電車が迫っていて、ひかれる寸前だったら?」

「うーん……飛び出さないで、急いで、電車の停止装置を押すとかするかな?」

「その時は……押した人も別にいたんだけど……間に合わなかったのね……」

「『いゃあ！助けて！』って大声をだすかな？」

「普通はそうなるわね。でも、その時たまたま居合わせたわたしの友だちは踏みきりの遮断機の前に駐車していた車から突然飛び出して走り寄り、急いでお年寄りを抱き上げて線路の間の安全スペースに寝かせて、戻ろうとしたとき！……自分が轢かれてしまった……」

「友紀さん、気の毒だけど……それは！なぜ、そこまでするかっていうこと？」

美保は友紀が何のことを言っているのか、まったくつかめない様子で聞き返した。

「こういう行動を突き動かす思いは、どの人もきっと持っている感情だと思うの。実際に行動に移すかどうかは別として……だからお互い助け合ったりする思いをいつも一緒にすることができるわけでしょ。だからこそ……決して人はいつも、ばらばらなんかじゃない、深いところでつながっているって思えるの」

「…………」

「だから、自分を犠牲にすることなんかじゃない……困っている人がいたら、本能的に何かをしてあげたい気持がきっと、湧きあがってくるはずなの。その一瞬には、望んでいなかったけど、残念ながら命を失うこともあるわね……わたしの友だちのように……悲しいけど……みんなが幸せに暮らしていくために何かしたいと思うからこそ……」

友紀は話をつづけながらも途中で思いがこみ上げてきたようで、喉の奥から絞り出すような声で言い終えた。

「少しわかるかな……?」

美保は痛々しそうな友紀を見ると、頭を傾けてつぶやいた。

「美保さん、その辺のことがもっとよくわかるように、わたしはあなたたち三人には、勉強して望みの高校に入ってほしいのよ。今必要なことがうまくできなくても、きっとやるときが来るから、その時までにいっぱい力を蓄えてほしいなって思うの。まだ若いんですもの、いろんな世界が見えてくるはずよ」

美保はやはり友紀の言っていることは難しくて、よくわからなかった。だが、それなのに、不思議と先刻の悲しいもどかしさが消えていくのがわかった。ちょうど温かい飲み物が静かに喉に通り過ぎて行くように、不思議な爽やかさだけが美保を包んでいた。

ふっと肩の荷を下ろしたような印象の美保を見て、友紀はほっとした顔で立ち上がった。

「さあ、美保さんも一〇時になるわよ。そろそろ金パトの人たちも戻ってくる時間だわ。さあ、帰って、帰って!まずは勉強よ!ね!」

友紀に荷物を渡されながら、美保は笑顔でうなずいた。

二　中学生たち

一

「いやあ、久しぶりだなあ！美保りんも凜ちゃんも、元気してたかい？」

昔のアイドルの名前で以前から美保を呼ぶ佐藤一平が、高橋銀吉の小屋の中から、入り口のブルーシートをたくし上げて顔を出した。ボランティアの床屋に行ってきたばかりだとさっぱりした頭をくしゃくしゃにしながら照れくさそうに笑った。所々白い物が目立っているが、まだまだ黒々とした髪をしている。

「もう、二人とも高校受験だってなあ！大変だなあ……こんな所に来てて大丈夫かい？」

「ええ、今日は時間あけてきました。ねえ、凜？」

美保は嬉しそうに凜と顔を見合わせる。二人とも制服姿であった。少し小太りで背は高い方ではないが、五〇代の若々しい一平は、こざっぱりとしたグレイのトレーナーがよく似合っている。カーキ色の作業ズボンをはいている。屈託のない元気な笑顔が、美保には懐かしかった。

「今日は押しかけてしまってすみません。今年の未来まつりの打ち合わせに来ました。まだ少し時間は早いんですけど、大丈夫ですか？」

蒔田中学校で社会科の授業を担当している近藤美里が、小屋の前で一平に会釈した。

「ああ、どうぞ、どうぞ！巻村友紀さんから聞いていますから、さっきから待っていたんですよ……外は風が冷たくなってきているから……さあ、入った、入った！」

一平の後ろから、上背のある高橋銀吉が現れた。がっしりとした身体つきで、七〇歳を過ぎているとは思えないほど、背筋もしゃんと伸びて溌剌としている。夏用のポロシャツにジャケット、グレイのズボンをはいている。この小屋で佐藤一平、山田恵介、三笠良吉と一緒に四人で共同生活をしているが、高橋はリーダー格の野宿者である。いつも身だしなみにも気を遣い、大抵背広姿で野宿者支援活動も友紀たちと一緒に行っている。

美里は中学三年生の美保、凜を先頭に二年生の岡田政男、江川美紀、それに一年生の大橋学、町田美津江の総勢六人の「未来広場まつり実行委員」を引き連れている。美保も凜も昨年に引き続きだが、一年生や二年生はホームレスの小屋訪問は初体験である。四人とも極度の緊張で顔が強ばり、うつむいている。美里が昨年同様「ホームレス問題の授業」を立ち上げて一年から三年まで、行っていた。その授業で高橋と支援センターの友紀と松崎が中学校に講師として呼ばれ話をしたのである。中学生たちは高橋の顔を知っていたが、他の野宿者は初対面である。ガチガチに緊張するのも無理はないと美保は思っている。

美保は昨年初めて大泉公園にあるこの小屋を訪れた日のことを思い出していた。

大泉公園は近くにスケートリンク場や教育文化会館、浜崎市立図書館などが立ち並ぶ浜崎駅から少し奥まったところにある大きな公園である。アスレチックやブランコ、滑り台などもあって、休日は家族連れで賑わうエリアもある。一面の艶やかな芝生が美しく、それを囲むようにベンチが置かれている。夜になると野宿者が荷物を引きずって、どこからか現れては休んでいた。大きな楠や欅の木の陰には青いビニールシートや段ボールでつくった小屋も点在している。暗いこの公園に立っていたこの小屋に入ったとき、狭い所に押し込められたような異様な雰囲気に、早く帰りたいという思いに駆られたことを美保は昨日のことのように感じている。

「じゃみなさん、入りましょうか」

後ろに立っていた支援センターの友紀と松崎が緊張している中学生たちの背中を押した。

小屋のなかは中学生が入ったらかなり狭くなりそうだったが、それでも詰めればどうにか入ることができた。壊れたテーブルにベニヤ板をのせただけのテーブルは以前のままである。友紀が先導して奥へ入り込み、子どもたちを座らせた。気がつくと床はブルーシートの上に段ボールの板を置き、その上を毛布のような物で敷きつめていて、地面から這い上がってくる夜の冷えを遮断するように工夫されている。

「悪いが、良ちゃんも恵ちゃんも今、買い出しに行ってるんよ。おっつけ戻るから先にやっててということだったから、そうしてくれる？寒くないか？コートは脱がなくていいからな……生憎とまだ暖房は出してないもんで……」

「銀さん、暖房ってあったっけ？」

「まあ、いいじゃないか……一平ちゃんよう」

高橋が、一平の言葉を笑ってはぐらかしている。

「ああ、大丈夫です。まだそんなに寒くないですから……今年は暖冬らしいですよ」

美里が高橋を気遣って、さりげなく応じた。一平が大きな年代物のやかんを重そうに運んでくると、湯気の立ちのぼっている麦茶をカップに注いだ。

「これ、商店街の斉藤茶屋のおさがりでもらった物。よく煮出したら結構いけるよ。どうぞ、暖まるよ。飲んでみて」

他の仲間から借り集めたのだろう、カップは形も大きさもばらばらである。緊張の余り、押し黙って縮こまっている後輩を勇気づけようと、美保はまずひとつ、カップをとって飲もうとした。凛も後に続いて手を伸ばす。

「じゃあ、早速いただきます」

「ああ……美保りん、急にがぶっと飲むと熱いよ！気をつけて」

一平は人なつっこい顔を緩めて笑った。

「あっ！ほんと、熱っ……けど、香ばしいし、美味しい！」

凛も続けて飲むとすぐに微笑んだ。

「うん、ほんと、熱っ！美味しい！」

美里がここで、他の子たちにも飲むように促した。

「みんな、いただきましょう……折角ですから、熱いうちに……」

夕暮れの風が冷たく身に染みるようになってきた一一月末の頃である。熱々の麦茶は美保の喉に心地よく染み渡っていった。先輩たちが美味しそうに飲むのを眺めた中学生たちは、思いきって麦茶のカップに手を伸ばしていった。

「なかなか美味しい！身体も温まりますね」

松崎は飲み干すと不安そうな中学生たちと顔を見合わせて微笑んだ。

中学生たちが熱い麦茶を飲み干してほっとしていると、外で人の話し声が聞こえてきた。いきなり、入り口のブルーシートが開けられた。

「ああ、来てるう！」

聴き取りにくい声を出したのは三笠良吉である。糖尿病を患って前歯がすっぽり抜けてしまっているので、くぐもった声になるのだ。

「おい、銀さん、大漁だよ」

上背のある痩せぎすの山田恵介が大きなビニール袋を入り口に置いて立っていた。

大きな袋にスナック菓子やみかん、インスタント珈琲、チョコレート、牛乳、ジュースの缶などが沢山詰まっている。

「恵ちゃん、どうしたんだい？こんなに沢山？すっごいなあ！戦利品？」

高橋が感心したように声を上げた。

「浜崎商店街の村田会長さんが声をかけてくれて、中学生さんに差し入れだってさ、『未来広場まつり』の打ち合わせに集まるという話をしたら、どうぞ！……というわけさ」

山田や一平は人なつっこい性格で、普段から商店街の人たちとも仲良く付き合っている。仕事がないときなどは食堂の皿洗いやゴミ出しなどを進んで手伝いながら、その代償として食べ物をもらっていた。チャーハンや餃子などをパックに入れて持たせてくれるのである。気のいい太っ腹の肉屋の森本さんの店に行くと、重いゴミ出しや食材運びなどを手伝う代わりに、コロッケやとんかつ、ポテトサラダなどを詰めて持たせてくれる。それらを時々一平はあまり体調のよくない寝たきりの仲間の元に運ぶ役も引き受けていた。

今年の『未来広場まつり』の参加のお願いにしても、リーダーの高橋が行くよりもずっと話がうまくまとまるらしい。商店街のおばちゃん連中からも一平ちゃん、恵ちゃんと呼ばれて親しまれている。

「おっと、これだけじゃあないよ！スットコドッコイ！」

後ろに隠し持っていた小さめの袋三つにはまだ温かい肉まんが入っていた。テーブルの皿にあけると、何と一五個も飛び出した。

「恵ちゃんって、まるで、どらえもんだね」

良吉が微笑みながら、なんとも不思議そうにつぶやいた。

「ちがいねえ！でもどら焼きじゃないけどね……」

高橋が応ずると、野宿者たちが爆笑した。美保や子どもたちも大人たちもつられて笑った。小屋の中は一気に和やかな雰囲気になった。

——こんなに明るく振る舞っている……。

高橋たちが決して楽なくらしではないのは、美保も知り尽くしている。嵐の夜も凍てつく冬の夜も、身を縮めてかろうじて過ごしているだろう小屋の人たち。それなのになぜこんなに堂々と、いつも明るく振る舞えるのかと美保は改めて驚きを感じていた。

「じゃ、美里先生よう、肉まん食べながら打ち合わせ、やっちゃいましょう……みんな、お腹すいてるよな?」

中学生たちの顔が喜びで輝いた。松崎がすっと立つと皿を掴んで中学生たちに配っていった。まだ十分温かい肉まんの美味しそうな香りが小屋の中に広がっていく。

高橋がリーダーらしく話を切り出した。

二

友紀が支援センターで商店街の人たちと話し合ったことを報告した。

昨年は今までの三倍以上の人が集まって交流できたことを商店街の人たちはとても喜んでいたと伝えた。一番威勢のいい肉屋の森本さんが「ちょっと言いにくいけど今までは、炊き出しが主で、わたしたちが野宿者の人たちにしてあげることがメインだったけど、去年は全然違ってた！……野宿者の人たちも餅つきを計画したり、昔遊びで子どもたちに竹馬の乗り方やコマの回し方を教える役をしたりしていた……中学生さんも自分たちで集めた物をバザーとして開いていたし、やる方も集まった方も笑顔が弾けていたと思う」と言ったのだという。今年も中学生と野宿者と商店街の人たちと三者が力を合わせてやって行きたいと友紀は熱っぽく語った。

経験者の三年生に感想を求められたとき、美保は目を潤ませて言った。

「わたしは、ここにいる凜とバザーを担当していたんだけど、みんなおじさんたちは夢中で、勝手に品物だけ持って行ってしまう人もいたけど、傍にいた人が説明してくれて、きちんとバザー券を持ってきてくれたりしたから、始めはどうしようと思ったけど、ちゃんと約束を守れる人たちなんだとわかりました。だんだん、慣れてきたら、『中学生さん、有り難うよ』と言って、毛布を渡すと涙を流している人もいました。すっごく感謝されて、嬉しかったです」

また凜も続けて発言した。

「もういらないと思っていた手袋や使わなくなった食器なんかも、うちの近所でよくゴミに出されるけど、おじさんたちこそ物を大切にしているんだなってわかりました。遠くの方からチラシを見て駆けつけた人もいて、嬉しかったです。おじさんたちが病気になっても相談できる無料診療所みたいのがほんとはあったらいいのにって、この頃思います。わたしが医者だったらそうしたいです」

二人の熱を帯びた発言に大きな拍手が起こった。

「二人ともたのもしいなあ！いい先輩がいて、君たちも幸せだね……」

山田が思わず眼を潤ませて言った。

その後、商店街のおばちゃん連中が、今年も餅つきの材料と器具の提供を申し出ていることや、駄菓子や飲み物の差し入れをしたいと言っていることなどを山田が語った。

「おばちゃんたちはすっごく、楽しみにしているらしい。今年は去年より、餅米を倍にふやしてくれるそうだよ」

「ああ、去年は大人気ですぐ売り切れだったしね」

「そうそう！早いもん勝ちで二〇分で売り切れ！」

「もっと、ちっちゃい子たちにも餅つきをやらせてやりたかったわ。やりたい人！っていったらたくさん並んでいたっけ……」

友紀が残念そうにため息をついた。

「ほんとねえ！あの時は一〇人だけやってもらったわね……まだ三つぐらいの可愛い男の子が高橋さんの手を握って、顔を真っ赤にして杵を持ち上げていたっけ……みんな嬉しそうにつきたての餅を頬張っていた……」

美里も相づちを打っている。

中学生たちは肉まんを頬張って満足そうな顔を向けて聞き入っている。

「あとね、参加していた市民の方がこんなことを言っていたのよ……」

嬉しそうに眼を輝かせて、友紀はゆっくりと話し始める。

「普段は公園で寝入っていたり、空き缶拾いしながらうろうろしているホームレスの人たちも、今日はいったいどこにいるのかわからないくらい、みんな生き生きしていた……当たり前だわね！彼らだって同じ市民なんだから。小さい子に手取り足取りでコマの回し方を教えている人や、餅つきのうまい人がいても当たり前だと思ったよ。そういう場がないことが問題なんだな。それは彼らの問題と言うより、社会の俺らの問題だと、考えなきゃいけないんじゃないかな……とつくづく思ったと……」

聞き入っている美里たちよりも高橋たちの方が納得したのか、しんみりとした雰囲気が漂った。中学生たちも真剣な表情で耳を傾けていた。

「あ、でも折角来たんだから、おじさんたちに聞きたいことない？」

美里が中学生たちに向かって聞いた。

凜が先輩らしく初めての体験者の四人に促した。

「遠慮しなくていいのよ……何か言ったら？」

松崎が大橋学の背中を突っついてささやいた。

「ほらほら、勇気出して……」

「あの、空き缶集めはどのくらいお金がもらえるんですか？」

一年の大橋が、言いにくそうに手を挙げて言った。すぐに山田が笑顔で答えてくれた。

「うーん、ちょっと前までは 大体大きいゴミ袋いっぱいで六〇〇円だったけど、今はその半額かな?」

「えっ!三〇〇円ってこと?」

「そう、今は不況だから、ぎゅうぎゅうに詰めても、四五〇円がいいとこだよ……」

「………」

「それって、どのくらいの時間がかかるんですか?」

二年の岡田政男も身を乗り出して聞いた。

「ま、大体ね、六時間でゴミ袋二つぐらいかな……自動販売機があるとまとめて見つけられるけど、駅とかだと人目もあるし、文句つけられることもある……お店によっては、もう、袋に入れて置いてくれるところもあるよ……でも一晩で二つぐらいかな?毎日のことだしね。大体、夜集めて朝に売りに行くから、正直言って眠いさ……昼になると居眠りが出るよ」

一平も続けて自分の体験を話し始める。

「まあ、一晩中夜明けまで歩き回って九〇〇円ぐらいかな?それも足腰の弱い仲間もいるから、なるべくそういう人には一緒に回ったりするんだけど、時々酔っ払いに蹴られたり、折角集めた空き缶を、力づくでふんだくられて、遠くの方に捨てられたり……嫌がらせって言うより、彼らのストレス解消だよね、そういうのにぶつかると逃げるのに大変で……」

「おいおい！一平ちゃんよう！中学生さんが吃驚してるじゃないか。あんまり過激なこと言うと……」

高橋が、冗談交じりに横やりを入れたが、美里がそれを遮った。

「高橋さん、佐藤さん、いいんですよ。私も子どもたちも本当のことが知りたいんですから、気にしないでください。ホームレスの授業でも同じようなことは話し合っていますから……あの、他の人はどう？」

美里はまだ発言していない女子中学生の顔を見て言った。

二年の江川美紀が言いにくそうに手を挙げた。

「あの、おじさんたちはこんなに親切でいい人なのになぜホームレスになったんですか？」

一瞬、小屋の中の人たちが押し黙った。美保は急に身の置き所がないような気がした。

凛も哀しそうにうつむいている。しばらくして、一番年長の高橋が穏やかに口を開いた。

「この質問には俺が答えるしかないな……身の上話になっちゃうけどね。聞いてくれる？」

高橋銀吉は昔は長野県で公務員をしていた。真面目に働く日頃の勤務成績が評価されて、一時は係長までに登りつめる。幸せで平穏な生活が続くと見えた三七歳の時に突然妻が倒れて急死。息子もまだ小さくて、すぐに暮らしが行き詰まった。見かねた親戚の家族が息子を引き取ったが、高橋は一人暮らしになって働く意欲を失い、やってもいない横領の罪を上役に肩代わりさせられて、退職させられる。それから、借金だらけの家を捨て東京に出て仕事探しをしたが、住所不定で誰も雇ってくれない。毎日、日雇いの仕事で食いつないでいるうちに、わずかな蓄えの貯金はあっという間になくなった。そのうちに道路のコンクリート打ちをしているとき事故にあい、足を複雑骨折。治療費ももらえず、すぐに首になる。以来浜崎市の支援センターの人に声をかけられ、今に至っている。

「息子は今東京で小学校の教師をしているんだよ。今のところ、それだけが生きている楽しみかな？」

七五歳だという高橋が若々しくしゃんとしている理由が、美保には朧気にわかる気がしている。教職に就いている息子が彼の生き甲斐であり、誇りなのであろう。いつか再会できる日が来たらどんなに嬉しいか……そう考えると美保は胸が熱くなった。

「生き甲斐とか、自分の支えとかありますか？」

凛が高橋の話を聞きながら、思わず質問した。

「うーん、俺は自分が野宿者だけど、いまはそこそこやっていけるようになってきたから、困っている人を見るとほっとけないって気がするね。前に池袋駅で野宿者が地下鉄の構内を追い出されたことがあるんだよ。その時段ボールやら、毛布やらを持っていた野宿者の所に警察が来て、そういう物を引ったくっていったんだ。ひとりのおばちゃんが、フラフラしながら、毛布を腰に巻いていたら、それも乱暴に引き剥がして行った。『ちくしょう！』と言いながら、通りがかりの俺の前で『もう、三日も何も食べてないのに！』と訴えるので、思わず日雇いでもらったばかりの三千円を渡してしまった……でも俺もいつだったか、誰かにこんな風に助けてもらったなあと思って、財布は空っぽになったけど、少し心が温まった気がしたことがある……だから、自分もまだたいしたことはできないけど、人間、助け合いが大事だと思っている……」

最後に一年の町田美津江が言った。

「おじさんたちは、自分の家族に会いたいと思いますか？」

今度は良吉がゆっくりと話し出した。

「俺はほんとは大阪に娘と息子がひとりずついるんよ。こっちに仕事を探しに来て、ホームレスになったなんて口が裂けても言えないな。だからずっと連絡を絶っています。二人を育ててくれているのは……俺の妹。両親はもう死んじゃって、ホームレスになる前は葉書が来たけど、電車賃もないからそのままになったまま……子どもには会いたいけど住所も知らないし、手紙だって受け取れない……今頃はとっくに成人してるはず……どうせ死んだら、警察から連絡が行くかもしれないけど……。だから、この地球上に俺がまだ生きている限り、この空の下で、同じ空気を吸ってみんな生きているんだなって思えて……しかも俺はこんな身体になっていて、いつ死ぬかわからないけど、生きることをまだ、あきらめたくないのさ」

前歯のない暗い空洞のような口を懸命に動かして、良吉は屈託なく笑った。

「良ちゃん、まったく、その通りだな……俺ら、みんな同じ思いだろうな」

一平が中学生たちの顔を見回しながら、しみじみとつぶやいた。

小屋の中がしんと水を打ったように静まり返った。

三

空にはオリオン座が、暗い公園の木々の間から光っているのが見えた。

美保は美里や支援センターの友紀、松崎らと別れた後、まだ高橋たちと握手した興奮が冷めずに、力強く手を振って遠ざかって行く後輩の中学生たちの姿を見つめた。そんな美保を凜が呼び止めた。

「うわっ！空の星、きれい！美保……待って！話があるの……」

「なあに？凜……」

凜より、心持ち先を歩いていた美保はふり返って笑った。もう夜の一〇時を回っていたが、穏やかな心持ちで凜と向き合った。

美保は無性に元気よく歩きたかった。何かが好転するという予感はなかったが、何かをしたいという思いは、美保のなかでどんどん膨らんで巨大化している。凜のなかにも同じ気持ちが動いているように思えた。

「わたしね、医者にはなれそうもないけど、美保と違って成績よくないし……でもおじさんたちの力になりたい！マジで！だから、看護師になりたいと思っている……」

「そうだと思った……さっき無料診療所の話をしていたから、もしかして……そうかなって思ってた」

凛のまだ幼さの残る頬を月の光が照らし出して、美しく輝いている。

「看護師になって、ちょっとした怪我や病気ならすぐに直してあげられるような……そんなことができたらいいなあと夢みたいなこと考えてる……」

「いいんじゃない……とても。凛、夢じゃないと思う」

美保は静かにきびすを返すと、凛の前を歩き始めている。

少しずつ足を速め離れていく美保の背に、凛の声が響いた。

「ねえ、美保は……美保は……美保はどうするの？」

美保は、歩いて行く足の動きを止めようともせずに言った。

「さあ——今は弁護士をめざそうと思っている……難しいことはわからないけど。みんな、父の後を継ぐのかって聞くけど、それはない！……わたしはわたしだし……でも国家試験は超難しいらしいから、それも夢のまた夢かも……」

「そんなことないよ！美保にぴったりだよ」

「凛、真奈美、大丈夫かな？ わたし、校内模擬テストで全校二位とかになってちょっと、自惚れていたね、すっごく嫌な人間になってた……あんなテストなんかなければいい！」

「真奈美は美保のことわかっているよ。大丈夫だよ。案外苦労してる分、わたしたちより
ずっと大人だよ」

凜は走って美保を追い越すと、息を弾ませて言った。

「ああ、苦しい！美保、歩くの速いから……」

「ごめん、凜、なんかじっとしていられない気がして足がやたら動くの……後三ヶ月たったら、どうなっているかなあ！わたしたち……」

美保は凜の顔を見ながら立ち止まった。

「ほんとねえ……そう考えると怖いけど」

「凜、今年の未来まつり、わたしたちは中三で実行委員からは外されているけど……」

「ああ、受験に専念しなさいって美里先生も言ってたこと？」

「やっぱり、心配なの……昨年同様に盛り上がってくれたらいいんだけれど……ホームレスなんて出ていけみたいな最悪な雰囲気になったらと思うと、勉強していても高橋さんたちの顔が浮かんできて、あんなに頑張って生きているのに自分たちだけ贅沢していいのかと思うと……どうしてこんなに不公平な世の中なの？って思うと……もういてもたっても

いられないの……よく夢でうなされるの」

「美保、それわかるよ……少なくとも真奈美だって思っている……そう思っている人がどんどん増えていってくれたら、きっとこんなこともよくなっていくと思う。今日この見学会に来て、後輩たちがやる気満々だったし、なんかすっごく嬉しかった。切ないくらいみんなの温かい気持ちが伝わってきたから……ほんと、嬉しい！」

「凜、よくさあ、うちの親たちはあんたは同情しているだけなのよ！いちいち何人もの人に施しをしたってしょうがないからやめなさいって言うけど、それ、違うんだなあ……」

「美保、そうよね、施しってなに？そんなこと思ってもいないし……わたしも母親からいつも言われてる！自分のこと考えなさいって……でも高橋さんたちから大切な勇気をもらったという気がする。これから生きていく上でかけがえのないものを……ちょっと大げさかも知れないけど」

「凜、そんなことないよ！わたしこれから……これから、どんなことがあっても戻ってきたい！ここに……きっと！」

美保は、立ちつくしたまま、さっき別れてきた小屋の人たちの穏やかな明るい笑顔を思い出している。彼らと共に過ごした時の細やかな温もりの余韻が美保の心を満たしていた。

家族とは違うが、それに通じるものが不思議と微かに香っているのが感じられたのである。

今歩いてきた、暗い公園が見渡せる道の向こうを、美保は凜の目の前で力強く指差した。二人のたたずんでいる所から、街灯の薄い光のなかで夜の闇に沈みながらも、小屋に小さな灯火が瞬いているのが映っている。それは時折弱々しく、消え入りそうにも見えるが、訪れる人々の目印になるように、赤々と灯っているのがわかった。

――あの常夜灯が灯っている限り！

あの灯火のなかにたくさんの人たちの笑顔が次々と蘇り、笑い声や物を食べる音が聞こえてくると美保は思った。どこか懐かしい暖かな風をはらんで、朝の光にさらされ役割を終えるその一瞬までずっと灯っていると。

「ねえ、凜も戻っておいでよ！ここに！……夢はあきらめないでいいんだし」

「でも、わたし……」

凜の表情に暗いかげりが走った。

「無理をしないで、自分でできることでいいんだからさ」

「そうね、なんとかなるっしょ！」

凜が額に汗をにじませながら美保の横に並ぶと、力強く笑って跳び上がった。

三　つなぐ灯火

一

人気のない浜崎市生活自立支援センターの事務所に居残って、友紀と松崎が疲れた面持ちで向かい合って座っている。もう、スタッフの職員はとっくに帰宅した後である。友紀の事務机の上のデジタル時計が一一時を示していた。なぜ今になって、こんなとんでもないことが浮上してきたのか……二人とも半信半疑のまま、時間だけが空しく過ぎている。戸外の闇の冷えが足元から襲いかかってきている。

「友紀さん……結局俺らはどうなるんですか？」

松崎はまだ六年目だから、特に不安が先に立っているだろうが、友紀は市側のやり方が絶対許せないと感じていた。

「やっぱり、残念だけど『未来広場まつり』は中止にせざるを得ないんでしょうか……」

「松崎さん、どうなるという消極的な考えではなく、これからのことをもっと前向きに考えましょう。発端は東京のある区で公園が閉鎖されたことで、そのことをうちの市側がそれに引っかけて言ってきているのよ。ここまで計画してきて、後はもう当日を待つだけになっているのを……今になって市側の妨害でやめるわけにはいかないわ！決して！」

どうしても語気が強くなってしまう友紀である。

一二月二九日に予定している『浜崎未来広場まつり』は実は一二月の始めに計画していたが、大泉公園使用の許可が下りずにのびのびになっていた。ちょうどこの時期は野宿者のために『越冬まつり・炊きだし』が各地で行われていた。野宿者にとっては、温かい食べ物を調達できる数少ない機会である。彼らの命に関わる問題として、東京では支援団体が抗議の声を挙げていた。公園から野宿者を閉め出し、大型の工事現場で使う頑丈な囲いを並べ、鍵をかけて閉鎖したのだ。それでもその区は公園に隣接する空きスペースで、毎日約一〇〇人、八日間でのべ約八〇〇人分の大がかりな炊き出しが決行された。このことを受けて支援センターの代表が市長に呼び出され、大泉公園の炊き出しの伴うまつりを見送るようにという通達が出されたのであった。支援センターの会議室には大型のレンタルした焼きそば用の鉄板やなべ、大量の菓子類、それから全国の支援団体からも送られた野菜やフルーツの段ボールが、山のように積み上げられて出番を待っていた。

「東京の山谷のドヤ街や横浜の寿町ほどではないけれど、この浜崎市も野宿者の方々と友好関係を結んできたし、商店街の人たちの思いも代々受け継がれてきているのに、今ここで、わたしたちが屈したら、灯火は消えてしまう。本来は困っている人を支援するのは行政が行うべきもの。足りない部分をわたしたちが補っているのよ！だのになぜ、こんな無慈悲なことができるのか……松崎さん、わかる？」

「でも、今までは、結構好意的に市側も見ていてくれている感じがしたんですが……甘いですかね」

「そうなのよ……きっと何か上からの力が動いているのかも知れない……東京都の締め出しだって、区長がやったって報道されているけど、もっと裏があるかも知れない」

そう言いながら、友紀は涙ぐんだ。だが、一方で帰りの時刻が気になり出していた。

「ごめんね、松崎さん、引き留めて……終電には間に合うようにここを出ようね……」

「ああ、俺は大丈夫です。でも本当に中止になったら、何百人という人たちがどうなるか、考えていないんでしょうかね。この寒空で？……本当にひどすぎる！命に関わるって本当ですよね」

松崎も固く握りしめた拳に力を込めた。怒りで眼が赤く染まっている。

「第一、あんなに楽しみにしていた中学生たちが可哀想ですよ。バザー用の商品を集めて、毛布や座布団など生活用品もたくさん揃ったのに、是非渡してやりたい。一日も早く！」

「明日もう一度、スタッフと話し合って、代表にもかけ合ってもらうようにしよう。今日が二六日だから、後三日しかない……もう絶体絶命よ！まさか、大晦日や元旦にやるわけにはいかないし、これ以上、商店街の人たちを待たせるわけにはいかないから」

「なんか……ちょっと聞いたんですけど、商店街のおばちゃんたちが署名用紙をつくって集めているって本当ですか？銀さんたちも小屋にいる野宿者を回って、どんどん集めているって……」

「ああ、あまり効果は期待できないけどね、なかには野宿者を街から追い出してほしいって思っている人もいないわけではないから……そこが難しいかな？」

「この際、美保さんのお父さんにお願いするとかはどうかなあ……民政党だし、たしか民政党は福祉には反対してないと思うんだけど……国会議員の力は大きいと思うから、効果はあるんじゃないかなあ」

「うーん、わたしも、それ考えたけど、それはやめようと思うの……美保さんだって、きっと嫌がるはずよ。あの子は父親から自立したがっているから、本人は自覚してないけど、あの子の行動を見てると、健気に自分で歩き出そうとしている……それなのに、父親の足枷をわざわざ履かせるようなことはしたくないから……」

「それもそうですね……美保さんも凛さんもこれからの大切な若いリーダーですよね」

「さあ、明日はわたしたちも市側と直接、交渉に行きましょう。それと商店街の会長さんの村田さん、肉屋の森本さんも駆けつけるという連絡があったの……そろそろ帰りましょう。明日は正念場よ。何とかして市長に許可をしてもらわないと!」

二

暮れも押し迫った一二月二八日の昼、慶一郎は浜崎市商店街会長の村田から電話をもらった。その日は珍しく自宅で資料読みをしていた。年明け早々に行われる法務部会での審議の原稿作りをしていたのである。以前から公園閉鎖の話は村田から聞いている。市側が東京のある区が公園閉鎖にふみきったことを受けて、この機会に浜崎市から野宿者を一斉に閉め出そうとしているのである。『未来広場まつり』に公園使用の許可が下りず、宙ぶらりんになっていることにしびれを切らして、いよいよ自分に何か手を打ってほしいという話に違いないと思った。やはり捨て置けないことだが、厄介だなとため息をつきながら、受話器を取った。

「村田です。葛城先生ですか。ご心配をおかけしましたが、ようやく市長の、しぶしぶですが、大泉公園使用の許可が下りました。昨日の市側との交渉には商店街の森本さんも見えて、何と署名を約四〇〇筆持ってきたんです。短時間にこれだけ集めたのにはわたしも驚きました……いやあ、市側も眼を丸くしてました！ＮＰＯ法人の巻村圭治さん、つまり友紀さんのご主人も来て、なかなかの交渉でした。友紀さんが涙ながらに『わたしたちは商店街のみなさんや、中学校の生徒さん、ボランティアのみなさんたちと野宿者支援に関わってきました。どうか、この命の灯火を消すようなことはやめてください。浜崎市の約二〇〇人の野宿者の命をつなぐわたしたちの活動を消さないでください』と訴えたのは圧巻でした。わたしたちの必死の願いが届いた一瞬でした」

「ほう……それはすごい！……実によかった……」

「ええ、実はどうしても駄目なときは、先生にもご足労願おうかとも考えていたのですが、そんなことにならずによかったです。ご心配をおかけしたことお詫びいたします……」

嬉しくてたまらないという高揚した思いが受話器の向こうからも感じられた。慶一郎は

かった。

喜びに沸いてまくし立てた村田の声が、受話器を置いてからも、しばらく耳から離れなかった。

――灯火か？

かつて美保が懸命に突っ張りながら「わたしはあの人たちを、きっと守るから！」と言ったが、このことだったのだろうか。

一二月に入り、受験対策講座や模擬テストに追われている美保は、今日も朝から予備校に行っている。心配した夜のパトロールも一一月から、ぱったりと止めていた。受験生特有のがさがさした感じは残っているが、一時期のような激しい、親への反抗は薄れている。美保が勉強に没頭するために、野宿者支援活動が消えてほしいと願う気持もあった。市側のこの機会に根こそぎ野宿者を浜崎市から追い出すのだという考えにも、密かに共感を覚えていた。だが、彼らを追い詰めたのは誰なのだ！という美保がぶつけた問いは今も慶一郎の胸に突き刺さったままである。

――美保が聞いたらきっと喜ぶだろうな……。

そろそろ、美保が予備校から帰ってくる時間である。

慶一郎は弾んだ声で玄関を開ける美保の声を聞いたように思った。

初出一覧

「火影」　書き下ろし
「蒼い微睡み」　文芸誌「コールサック」82号
「モルダウの風」　書き下ろし
「菜種梅雨」　文芸誌「コールサック」83号
「曼珠沙華」　文芸誌「コールサック」85号
「未来広場のある街角」　文芸誌「コールサック」81号
「常夜灯」　文芸誌「コールサック」84号

＊いずれも本書収録にあたり加筆・整理した。

跋文

跋文
北嶋節子小説集『茜色の街角』
心は、人は、まちは、つながりは、まだ死んでいない

佐相　憲一（詩人）

〈いじめ、友情、恋愛、家族関係
少年少女の心の闇と成長の物語が
野宿者（ホームレス）支援問題にリンク
生きることのせつなさ、現代社会の深淵で
つながるものに希望のありかを探る意欲作7篇!!〉

この本の帯文だ。七篇の連作を何度も読ませてもらって編集しながら、ぼくの中に自然に出てきた要約のようなものである。何人か出てくる主人公の若い男女とその家族、すべての物語をつなぐ福祉職員、味のある野宿者たち。ひとつひとつの物語が切実で、友情関係、家族関係、恋愛関係、学校関係、地域関係、社会関係の中に、繊細な心の物語が響い

ている。

元教師、いまは教育関係の雑誌編集者であり、家庭の主婦でもある著者。これまで五冊の小説集を刊行し、教育関係者や一般読者にひろく読まれてきた。そこではハンディを背負った、あるいは精神的な困難を抱えた魅力的なこどもたちが悩みながら成長し、教師「パステルチーム」の面々の奮闘や葛藤や喜びが生き生きと展開されていた。若い女性教師の日々の内面も描写されたその展開には、この小説家が何かのテーゼをもとに頭の中で観念的に描くのではなく、実際の教育現場、社会現場を長年体験・観察してきた中から登場人物の心を描いていることが感じられた。また、自身の子育てで感じている若い世代の感覚も有効に取り入れられているようだった。

シリーズとも言える五冊の小説集を世に出した後で、ここに作者の新たなる挑戦が始まった。これまでの教育現場の物語に加えて、かねてより関心をもつホームレス問題（著者は「ホームレス」という呼び名を嫌い、「野宿者」と表現している）、格差社会とシャッター通り的な世の中の地域人間関係のありようの探求、さらには家族関係の凝視といったものを少年少女の物語に絡めて描く試みである。

この六冊目の小説集では、ホームレス問題に入っていくだけでなく、少年少女、青年層の内面にもぐっと踏みこみ、主人公の心の揺れ具合を繊細に描いている。アスペルガーをはじめ精神医療的な領域の研究成果もようやく社会に浸透し、通常のコミュニケーションにおけるさまざまな心理学的問題も解明されてきた現代を舞台として、青年の心の屈折感と願いのかたち、交友関係や教師・家族との関係の中で日々起きるさまざまなすれ違いや挫折、発見と感動、そうした心の闇と光の深いところに物語は触れていく。その中からは恋愛への発展過程も出てきて、男女の心理描写も生きている。

重い内容を背負った中でほっとさせる夢の花のような味を出しているのが、傷ついた青年男女の出会いと友情、恋物語である（「菜種梅雨」「曼珠沙華」）。いじめの現場描写もリアルだが、そんな中で出会った若い男女の初々しい物語は恋の不安心理もまじえながら、弾むような臨場感がある。いわゆる社会派的な書き手がなぜか恋愛物を重視しないような風潮のこの国の変な文学界だが、そしてその逆もまたしかりだが、北嶋さんはごく自然なかたちで恋愛と社会問題の双方を描いていて貴重だ。

苦悩する我が子を思いながらなかなかうまく対応できない親の姿もクローズアップされている。特に印象深いシーンは、傷ついて引きこもりがちになった青年が野宿者追悼集会の舞台で独唱するのをこっそり陰から見つめる母と父が喫茶店でばったり会って夫婦関係の溝も埋めるような場面である（「モルダウの風」）。心のひだまでよく書けていて静かな共感を呼ぶ。ほかに、自身の生きがいや転職との関連で家族とうまくいかなくなる父親、母子家庭ゆえの家計の心配が受験に投げる影、政治家の父と福祉活動に進む娘の葛藤、など複雑な背景がある。「蒼い微睡み」「未来広場のある街角」「常夜灯」と、それぞれに切実なものを生き生きと描いている。

こうした特長の中で、学校における少年少女のいじめ問題と、地域や社会における野宿者のいじめ問題が大きなところでつながり、共に疎外された者同士が何気なくふれあうことで生じる本来の人間関係の輝きがよく出ている。その全体の結び目にいる生活自立支援センター職員であり母親でもある巻村友紀の存在感がいい。冒頭の「火影」だけ友紀の一人称で書かれていて、各章の物語の導入部となっている。

いじめ問題とはそもそも何であろう。よく言われるように大人社会の歪みがこどもたちの関係に反映しているとも言えるだろうし、人はもともと群れて傷つけやすく傷つきやすい存在で、それがむき出しになるのを人権的な社会性の心が防御し相互に理解努力をすることで防ぐものなのであろう。そうした一般論のさらに向こうに何が見えるだろう。こどもは決してバカじゃない。周囲の大人の影響で分断されることがなければ、ひとりひとりのこどもは自然本能的なひろい相互関心と友愛の眼をもっている。しかし、他方では、親や教師が特に何も差別的な入れ知恵をしていなくても、ひとりひとりのこどもの中にはちょっとした意地悪な心もあって、何かのきっかけでそれが深刻な事件を引き起こすことにもなるだろう。少年Aや少女Bはぼくであり、あなたであり、誰でも何かのめぐりあわせでそうなってしまうかもしれないという性質のものだろう。その認識が出発点だとぼくは考える。そうでなければ問題の根源にまでじっくりと向き合って解決していくことは不可能になってしまうだろう。生まれつき「良き者」「悪い奴」に人類が分かれているわけではないのだ。だが「つきあうお友だちを選びなさい。ママが教えてあげるから」という漫画チックな典型的選民思想に幼児から染まらせることはいまでも現実にひろく行なわれているようだ。アニメやドラマを見て「ああはなりたくない」と誰もが思っているであろう嫌な役を現実には自分が演じていることに、人は意外と気づかない。

ぼく自身の記憶をたどってみても、小学校低学年まではどんな家庭背景のこどもも交り合って遊んでいたが、高学年になるとそれまで微笑ましく見守ってくれて、時にはぼくに地域こどもリーダー的な役割も任せていたはずの他家庭の父母が我が子の交友関係を選別し始めて、片親で塾に行かず自然の中で遊んでいたぼくなどとはつきあわないように入れ知恵されたりしたものだ。いっしょに楽しく遊びながらしばらくすると友たちは申し訳なさそうな顔をして寂しそうに帰っていった。けんかをすると罵倒言葉の切り札としてうちの家庭への誹謗中傷が友の口から出てくる。とても傷ついたがいま思うとあれは本心ではなく、単に親が食卓でする無責任な噂話をオウム返しに口にしただけだったのだろう。こどもは残酷だと世間でよく言われるが、ぼくに言わせれば大人はこどもの数千倍残酷だ。

いまは「超」がつくくらいの格差社会である。都市を歩いていると、ついこの前まで普通の労働者であったような現役世代の女性のホームレスの姿を見かけることがある。男性もどこか地方都市から出てきて必死に働くうちに体を壊したり生活崩壊したりして路頭に迷ってしまったという従来のホームレスとは別に、いますぐ身なりを整えてきれいにすればごく普通のアルバイト青年に見えそうな、まさに格差社会転落間もない不安げな姿も目につく。いつの間にかあっという間に底辺に突き落とされる人びと。首都・東京では街の景観のためにブルーテントのホームレスを街から追い出す処置などもされてきた。いまも各地で冷たい行政と野宿者・支援者のたたかいが続いている。

そんな時代の重苦しい空気とシステムに苦しみながら、またひそかにそれぞれの夢に憧れながら、少年少女は大人になっていく。落ちこぼれの烙印を押された小さな存在がじきに野宿者予備軍にもなってしまう現実がある。この小説の中で不思議な友情を育む学生と野宿者の気持ちは少くない人びとにわかるだろう。本当の人の心のぬくもりにふれたいというひそかな願望は殺伐とした現代社会に疲れた多くの人びとに共通のものだからだ。

この小説集に描かれた教育現場と地域現場、家庭現場の人間模様は、この国の現代の大人社会の影に覆われている。だがその中でもひとりひとりは個性をもって日々それぞれの人生に格闘しているのだ。心傷つけられた少年少女だけでなく、不良少年と呼ばれる存在の心の闇もまた避けて通れない重要な要素だろう。そういう意味でこの小説集には永遠のハッピーエンドも永遠の地獄もない。全体として未来に希望を託す、いい意味での楽天主義がこの著者の持ち味だが、同時にシリアスに提示された人間のドロドロにも注目したい。人間を描くこと、深いところの心を描くことは文学作品の要だが、同時に現実から目をそらさない批評眼も大事である。この小説集にはその両方がある。

横浜生まれ横浜育ち、いわゆる「ハマっこ」である北嶋節子さんが現代の湘南のどこかに設定したこれらの物語を読むと、同じくハマっこであるぼくには作者との世代の違いを超えて共有されているであろう情景が想起された。一九八〇年代初頭、全国に校内暴力や家庭内暴力の嵐が吹き荒れていた頃、港まち横浜のドヤ街近くで起きた中学生・高校生らによるホームレス殺人事件（一九八三年「横浜浮浪者襲撃殺人事件」）である。それは当時中学生で幼少時にいじめられっ子だったぼくの心を暗鬱にした。殺されたホームレスが将来の自分自身の姿のように感じられたのだ。そうした風潮に抵抗するように「金八先生」や「熱中時代」も流行していた時代で、世の中はアナログからデジタルへ、平等理想・反権力から弱肉強食へ、やがてバブル幻想にまでつながる激動のさなかだった。この事件については、地域で愛されていたホームレスたちの人生と、鬱屈感から非行に走った少年たちの背景の双方を追い、時代背景と人間物語の交錯、市民社会の仮面の問題などに迫った佐江衆一氏によるノンフィクション小説『横浜ストリートライフ』があって、青年期のぼくを突き動かした名著である。北嶋節子さんの今回の本は二一世紀の今日的な背景と作者独自の視点で、その名著に深くつながるものを感じさせる。同じ神奈川県の川崎の河原では、少年同士のリンチ殺人事件がつい最近世の中を驚かせたばかりだ。いまも全国各地でいじめ問題に起因する事件が起こり、暮らしを追われた野宿者が生み出されている。

少年少女の物語と野宿者の物語。心細い人生の、だが確実に体温をもつ生きた存在の、大切な物語である。

この本のように茜色の夕焼けに染まった街角で人が心に抱くものを大事にしたい。

あとがき

　昔ながらの里山の風景が消え、街は高級店が建ち並び、大型店舗がかつての地元商店を呑み込んでいます。一見煌びやかに見える新しい街では、かつて高度経済成長期に全国から出稼ぎにきた労働者が仕事を失い、国の貧しい福祉行政では救えない人たちが溢れています。彼らに十分な働き口と温かい住居を国が与えもせず、行き場もなく路上や公園で野宿せざるを得ない状況に追い込まれている人も少なくありません。彼らを忌み嫌い排除しようとする風潮が広がり、なおさら仕事にあぶれ、日々生きることすらあきらめてしまう絶望の穴に落とし込まれています。かつて山谷と言われた台東区の北東部周辺と横浜の寿町、大阪の釜ヶ崎付近をわたしは歩き、そこで見た野宿者の無念を思うと、心も身体も熱く燃えたぎる思いがするのです。

　子どもの頃、近くの商店街や公園、空き地などで野宿する人たちを見ると、

「どうしてほんとのお家に帰らないの？」

と不思議でならなかったわたしは、身近な大人たちに尋ねました。

周囲の大人たちはみな痛ましそうに顔を背けて、
「浮浪者なのよ。自分から働かない人だから……関わり合いにならないように」
と言って差別的な視線を向けました。生まれつきそういう人はいるのだという言い方はなぜ?という疑問を押し潰し、本当にそうなのか?という自問を封印していきました。だから、彼らに石を投げる子どもたちの姿を見ても、眼をつむって逃げていました。こうした悲しい記憶は心の奥深く食い込んでわたしをときおり苦しめました。なぜ、あの時止めなかったのか、なぜ、自分の身を投げ打って助けなかったのか……同じ人間なのに石を投げられ、蹴とばされても無抵抗のまま頭を抱えて耐えていた人たちの群れ。

わたしが高校生の頃、原爆病で苦しむ人の姿や差別、貧困の問題に触れ、自分が少しでもこんな社会を変えたいと思ったのも、その悲しみが起因しています。

かつての大型開発の街づくりに欠かせなかった、夥しい日雇い労働者の群れ……彼らが国の経済を支えてきたとも言っていいのではないでしょうか。地方の次男、三男たちが働き口を求めて上京し、今も故郷には帰れないまま、懐かしい家族とは絶縁状態となった野宿者たち……。その野宿者たちも高齢化し、わずかな生活保護の支援や年金で暮らす人が増えています。そうした困窮した野宿者たちは現実に今も街の片隅で生きているのです。

同じ時代を生きるわたしたちは彼らに見て見ぬ振りをするわけにはいかないと思います。

またわたしは小学校教師を三七年間勤めました。担任した子どもたちの貧困やそこから生まれる差別、いじめの問題などもこの野宿者問題と深く、関連しあっていました。

一人でも多くの方にこのことを知ってもらいたい、格差のない、みんなが明るく暮らせる社会の実現のために、力を尽くしている実際の生活自立支援センターの方々や、NPO法人の活動家の方々、市民のボランティアグループの方々の取り組みを伝えたいと思いました。そして、そこに生きる人々の姿を書きたいと考えました。真面目に悩み、今も苦しんでいる人々の思いを小学校や中学校で授業として扱っていたことも全生研（全国生活指導研究協議会）の実践から学びました。そうした学びによって子どもたちの視野を大きく広げていくことは、社会への主張も生まれていくはずだと信じます。眼を輝かしている子どもたちの姿は、いつの時代にも未来の希望です。

商店街と野宿者との温かいつながり、支援センターと夜回りなどの活動も今も多くの人に支えられ、引き継がれていっていることにわたしは頭が下がる思いです。こうした人たちの勇気と希望に支えられ、『茜色の街角』のように、ともに生きる空間として続いてほしいと願っています。

編集者で詩人の佐相憲一さんをはじめ、コールサック社のみなさんには多大の励ましと援助をいただきました。深く感謝申し上げます。こうして念願の本が世に出ることに万感の思いです。

二〇一六年五月

北嶋　節子

北嶋　節子（きたじま　せつこ）略歴

一九五〇年横浜生まれ。
三七年間横浜市内で小学校教師として勤務。
定年退職後、教育雑誌「生活指導」の編集の仕事に携わる。
全国生活指導研究協議会常任委員。

著書
小説『崖の下の花』（二〇一〇年　こうち書房）
『とばない鳩』（二〇一二年　こうち書房）
『月虹　ナイトレインボー』（二〇一三年　こうち書房）
『ほおずきの空』（二〇一三年　コールサック社）
『暁のシリウス』（二〇一四年　コールサック社）

『茜色の街角』（二〇一六年　コールサック社）

現住所
〒二二四―〇〇一四
横浜市都筑区牛久保東二―一五―七

石炭袋

北嶋節子小説集『茜色の街角』

2016年6月29日　初版発行
著　者　北嶋節子
編　集　佐相憲一
発行者　鈴木比佐雄
発行所　株式会社 コールサック社
〒173-0004　東京都板橋区板橋 2-63-4-209
電話 03-5944-3258　FAX 03-5944-3238
suzuki@coal-sack.com　http://www.coal-sack.com
郵便振替　00180-4-741802
印刷管理　（株）コールサック社　製作部

＊装幀　杉山静香

落丁本・乱丁本はお取り替えいたします。
ISBN978-4-86435-255-0　C0093　￥1500E